Janne Mommsen

# Oma dreht auf

Roman

Rowohlt Taschenbuch Verlag

Originalausgabe
Veröffentlicht im Rowohlt Taschenbuch Verlag,
Reinbek bei Hamburg, Mai 2012
Copyright © 2012 by Rowohlt Verlag GmbH,
Reinbek bei Hamburg
Umschlaggestaltung any.way, Cathrin Günther
(Abbildung: Niko Reitze de la Maza)
Satz Plantin PostScript (InDesign) bei
Pinkuin Satz und Datentechnik, Berlin
Druck und Bindung CPI – Clausen & Bosse, Leck
Printed in Germany
ISBN 978 3 499 25842 8

# Inhalt

1. Lust 7
2. Frühstück mit Beweismitteln 14
3. Flucht übers offene Meer 24
4. Putzen und lieben 30
5. Imke und die Mondgesichter 34
6. Omas Lieblingsretter 41
7. Musikanten aus Athen 46
8. Rum-Aroma 51
9. Engtanz 62
10. Katerfrühstück 68
11. Badeverbot 78
12. Strandburg 87
13. Oma dreht auf 94
14. Tief im Bauch 105
15. Frauen bringen Unglück 110
16. Göttliches Spiel 118
17. See-Neurotiker 123
18. Von Frau zu Frau 133
19. Krumme Seehunde 145
20. Ein zartes Fiepen 152
21. Ständchen 158
22. Diät ist auch kein Leben 162
23. Dr. Pitbull 170

24. Föhrer Messebau 177
25. Wohnung auf Rezept 189
26. Pladdäreeg'n 197
27. Die Grönland-Frage 205
28. Familie Riewerts hebt ab 212
29. Biikebrennen 219

# 1. Lust

Als Imke jünger war, hatte sie immer befürchtet, Altsein fühle sich an wie eine permanente Magenverstimmung oder ein fürchterlicher Kater. Stattdessen lag sie nun mit ihren siebenundsiebzig Jahren unter der Bettdecke und kam sich vor wie ein Mädchen im Hochsommer. Vorhin hatte sie ein heißes Bad genommen, sich danach von Kopf bis Fuß mit Bodylotion eingecremt und dann den verwegenen roten Seidenpyjama angezogen. Durch das gekippte Fenster kam ein kühler Hauch vom nahen Meer herein, der eine zarte Liaison mit dem Himbeerduft der frischen Bettwäsche einging. Gardinen besaß sie nicht, der volle Mond streichelte ihr sanft übers Gesicht und warf sein Licht auf den weißen Elefantenschädel auf dem Bild ihres Lieblingsmalers Brée, das über ihrem Bett hing. Sie streckte sich einmal genüsslich aus und streichelte mit den Zehen über den weichen Bettbezug.

Dieses wohlige Gefühl ließ sich noch steigern, was ihr kleines Geheimnis war. Imke grinste glücklich ins Mondlicht. Auf dem kleinen Nachttisch wartete der obligatorische duplo-Riegel auf sie; die Verpackung hatte sie schon vorm Zubettgehen abgestreift. Kaum eine Verhaltensregel aus der Kindheit wurde im Erwachsenenalter noch konsequent befolgt, außer dieser: Keine Schokolade nach dem Zähneputzen!

Das galt jedoch nicht für sie.

Was mit dem Inhalt des Wasserglases neben dem duplo zusammenhing, in dem es übermütig spritzte und sprudelte. Ganz unten auf dem Grund lagerte ihr Gebiss. Natürlich war es für Imke ein Schock gewesen, als ihr erklärt wurde, dass sie ihre Zähne überlebt hatte. Ein Gebiss hatte sie zunächst strikt abgelehnt, aber was hätte sie tun sollen? Nur noch Brei essen? Monatelang Torturen erleiden, bei denen ihr Implantate in den Kiefer getrieben wurden? Zum Glück, musste sie im Nachhinein sagen, hatte sie so heftige Zahnschmerzen bekommen, dass die Entscheidung beschleunigt wurde: Alles war besser als das, also Augen zu und durch!

Imkes Körper hatte unter der Decke die optimale Wohlfühltemperatur erreicht. Nun schnellte ihr linker Arm hervor, die Finger griffen routiniert nach dem Schokoriegel, dann wanderten die ersten Zentimeter Schokolade in ihren Mund. Ihre Lippen freuten sich einen wunderbaren Moment lang über die zarte Riffelung auf der Oberfläche, bevor die Schokolade langsam schmolz. 49,5 Prozent Anteile Vollmilchschokolade explodierten an ihrem Gaumen, und damit war das Fest noch lange nicht zu Ende. Darüber legte sich nämlich eine zweite Welle aus Vanille, besten Haselnüssen und Kakao. Beim Lutschen summte sie Lieder aus ihrer Kindheit – *Üb immer Treu und Redlichkeit*, *Die Gedanken sind frei*, *Wenn die bunten Fahnen wehen* –, ihre Bauchdecke vibrierte von innen, und ihr wurde richtig heiß.

Plötzlich schreckte sie zusammen: Ein Mann stand in ihrem Zimmer. Sein mächtiger Schatten war im Mondlicht deutlich zu erkennen. Vermutlich ein Einbrecher. Hatte er sie bemerkt? Es war viel zu dunkel, um zu sehen, wohin er schaute. Sie wollte schreien, aber die Stimme blieb ihr im Hals stecken.

«Imke?», flüsterte eine raue Bassstimme.

Entwarnung. Das war Ocke, ihr Mitbewohner. Hätte er nicht anklopfen können? Was wollte er um diese Zeit von ihr? Schnell ließ sie das duplo unter der Decke verschwinden, das sollte ihr Geheimnis bleiben. Noch wichtiger war es jedoch, das Glas zu verstecken; außer ihrem Zahnarzt hatte bisher niemand das Gebiss zu sehen bekommen. Sie hörte das Wasser neben sich sprudeln, tastete nach dem Glas, doch leider stieß sie es dabei zu Boden. Anscheinend war es nicht kaputtgegangen, aber wo lag bloß das Gebiss?

«Hast du das gehört?», flüsterte Ocke.

Ihre Verzweiflung verwandelte sich in Ärger.

«Das Glas!», beschwerte sie sich laut, als wäre Ocke dafür verantwortlich. Sie bekam den S-Laut einigermaßen authentisch hin, was ohne Zähne eine Spitzenleistung war.

«Komm mal her», raunte Ocke ihr heiser zu.

So nervös kannte sie den ehemaligen Seemann gar nicht, der in vier Jahrzehnten alle sieben Weltmeere befahren hatte. Was war bloß mit ihm los?

Widerwillig schälte sich Imke aus der warmen Decke und berührte aus Versehen mit dem linken Fuß ihre kalten, nassen Zähne auf dem Teppich. Sie hätte schreien können vor Ekel, riss sich aber zusammen. Dann eilte sie zur Zimmertür, die Ocke einen Spalt geöffnet hielt. Er schwitzte stark und roch nach hochprozentigem Alkohol.

«Hörst du das?», fragte er noch einmal.

Imke lauschte auf den Flur, ihr Gehör war immer noch gut. Tatsächlich, aus dem Zimmer ihrer gemeinsamen Mitbewohnerin Christa vernahm sie ein Stöhnen, genauer gesagt stöhnte dort ein Mann, und zwar ziemlich lustvoll. Dann war es wieder still.

«Christa hat Herrenbesuch», stellte sie ungerührt fest.

Deswegen holte sie Ocke aus dem Bett?

«Der Typ hört sich einiges jünger an», raunte er. Vor Aufregung war aus seinem Flüstern normale Zimmerlautstärke geworden.

Imke verstand das Problem nicht: «Es scheint ihr doch gut zu gehen.»

Christa war die Jüngste in ihrer Dreier-WG, sie wurde meist auf Anfang fünfzig geschätzt. Ihr wirkliches Alter hielt sie seit Jahren streng geheim. Imke kannte es, hätte es aber nicht einmal unter Todesandrohung verraten.

«Ich will verdammt noch mal wissen, wer unter unserem Dach pennt», zischte Ocke. «Das kann sonst wer sein!»

Imke war empört. Sie waren hier nicht in einem Heim, sondern in einer Wohngemeinschaft, und jeder konnte tun und lassen, was er wollte. Andererseits musste sie zugeben, dass ihr ein Fremder in der eigenen Wohnung auch ein bisschen unheimlich war.

«Lass uns nachschauen», schlug Ocke vor.

«Bist du verrückt?»

«Nur mal 'n büschen luschern.»

Ocke schloss die Tür zum Flur und huschte durch Imkes Zimmer zur Terrasse. Während sie betete, dass er im Dunkeln nicht auf ihre Zähne trat, folgte sie ihm hinaus.

Draußen herrschten nicht gerade Pyjamatemperaturen. In der Nacht war die Luft noch erheblich kühler als am Tag.

Vor einigen Jahrhunderten hatte Föhr noch zum Festland gehört, bis eine riesige Sturmflut weite Teile des Landes auseinandergerissen hatte. Föhr war als Inselvorposten weit draußen zurückgeblieben. Hier traf der Wind, der direkt aus Island kam, nach dem langen Weg übers Meer das erste Mal auf festen Boden. Die See gab niemals Ruhe, sie versuchte unablässig, den Fremdkörper in seinem Terrain zu vereinnahmen. Allein durch den mächtigen Deich hinter ihrem

Haus fühlte sich Imke gut beschützt, ohne ihn wäre der Boden unter ihr längst eine Sandbank, das war ihr, wie allen Insulanern, immer bewusst.

Die feuchte Kälte kroch ihr unangenehm an den Beinen hoch. Vorsichtig schaute sie um die Hausecke. Christas Zimmer lag zur Straße hin. Ihr Fenster war weit geöffnet, die Deckenlampe warf ein helles Lichttrapez auf die Büsche des winzigen Vorgartens. Plötzlich kletterte ein Mann aus dem Fenster, den man im Dunkeln nicht erkennen konnte, ein großer schwarzer Hund sprang hinterher.

Wieso nahm der nicht die Haustür?

Mann und Hund verschwanden in einem schwarzen Geländewagen, der direkt hinter Ockes altem Mercedes-Taxi parkte.

«NF-SP 23», nuschelte Ocke, als sei er Polizeifahnder und spreche in ein Funkgerät. Als der Unbekannte Motor und Scheinwerfer anschaltete, wurden Ocke und Imke so hell angeleuchtet wie Schauspieler auf einer Theaterbühne. Leider war es ein grottenschlechtes Stück, das hier gespielt wurde, instinktiv hielten sie sich die Hände vor die Augen. Zum Glück drehte das Licht schnell ab und verschwand auf der Dorfstraße.

«Mist», fluchte Ocke, «der hat uns gesehen.»

«Mir ist kalt», Imke huschte, barfuß, wie sie war, über das feuchte Gras zurück. Ihre Zähne hätten jetzt wohl laut geklappert, wenn sie noch welche gehabt hätte. Dann trat sie auch noch auf einen spitzen Stein und quiekte vor Schmerz laut auf.

Bloß zurück ins Bett!

Imke rüttelte an der Terrassentür. Doch die war vom Wind zugeschlagen worden und klemmte blöderweise seit einigen Tagen, sodass sie sich nicht von außen öffnen ließ.

«Auch das noch», stöhnte Ocke hinter ihr.

Wie um sie zu ärgern, frischte der Wind einmal kurz und bedrohlich auf, woraufhin Imkes Blase und Nieren heftig zu protestieren begannen.

«Ich klingele vorne», entschied sie.

«Wie sieht das denn aus?»

«Bevor ich mir was weghole ...»

Also gingen sie wieder ums Haus, und Imke klingelte an der Tür. Sie kam sich vor wie ein unangemeldeter Vertreter, der einem Fremden etwas verkaufen wollte, dabei stand ihr eigener Name doch auf dem Klingelschild.

Es dauerte eine Weile, bis Christa öffnete. Sie sah verschwitzt aus, und da ihr weißer Bademantel einen winzigen Spalt geöffnet war, ahnte man, dass sie darunter nackt war. Christa starrte mit ihren klaren blauen Augen auf ihre beiden Mitbewohner.

«Wo kommt ihr denn her?»

Ocke sah Imke an, die wusste aber auch nichts zu sagen.

«Wir waren am Meer», murmelte Ocke schließlich und legte den Arm um Imkes Schultern.

«Im Pyjama, wie romantisch», lächelte Christa entzückt. «Ich hab euch gar nicht weggehen gehört.»

«Wir waren ganz leise, weil wir dich nicht wecken wollten», log Ocke, was Imke albern fand. Christa musste klar sein, dass sie ihren Gast wegfahren gesehen hatten, was sollte diese Geheimnistuerei? Christa überging die Bemerkung und wandte sich neugierig an Imke.

«Was hast du da für einen braunen Fleck auf dem Pyjama?», fragte sie.

Imke fiel ein, dass sie ihr duplo hastig unter der Decke versteckt hatte, als Ocke plötzlich im Raum gestanden hatte. Dort war es anscheinend ziemlich schnell geschmolzen.

Als sie wieder in ihrem Zimmer war, fand sie die Überreste des Schokoriegels auf dem frisch bezogenen Laken. Sie legte ihn auf das Nachtschränkchen und huschte unter die Decke, die in der Zwischenzeit ziemlich kühl geworden war. Bibbernd wartete sie, bis ihr Körper warm wurde. Sie war hellwach und blieb es den Großteil der Nacht.

## 2. Frühstück mit Beweismitteln

Nachdem Imkes Wohnung am Sandwall vor einem Jahr beinahe abgebrannt wäre, weil sie den Herd angelassen hatte, hatte Ocke ihr selbst vorgeschlagen, bei ihm einzuziehen. Er fand das selbstverständlich, denn es war klar, dass seine gute alte Freundin nicht mehr allein wohnen konnte, und außerdem hatte er genug Platz. Christa kam mehr oder weniger spontan mit. Sie war Imkes beste Freundin und nach dem Vorfall ganz offiziell zu ihrer Pflegerin ernannt worden. Sie bekam es hin, Imke bei Dingen zu helfen, die ihr schwerfielen, und ihr ansonsten alle Freiheiten zu lassen. Ocke unterstützte sie gerne dabei. Zugegeben, er hatte dabei auch ein bisschen aufs Geld geschielt – allein vier Zimmer zu bewohnen, war auf Dauer einfach zu teuer geworden.

Doch seit gestern Abend war für Ocke in der WG nichts mehr so wie vorher. Die halbe Nacht tigerte er in seinem Zimmer, das so eingerichtet war wie die Kapitänskajüte auf einem Handelsschiff, auf und ab. In seiner Zeit als Seemann hatte er es vom Maschinenraum aus nicht bis zum Schiffsführer gebracht und deshalb an Bord in schmucklosen Kajüten wohnen müssen. Aber das war alles ein paar Jahre her, er war nun Taxifahrer und wollte auf nichts mehr verzichten. Also hingen an der mit Teak ausgeschlagenen Wand ein Poster des Segelschulschiffs Gorch Fock und eine

Wetterstation aus Messing. Ein Sekretär und zwei riesige Ledersessel standen im Raum, darüber hinaus gab es einen riesigen Flachbildschirm mit Soundsystem. Am liebsten sah er sich DVDs an, die er auf seinen Fahrten aufgenommen hatte: das Meer in allen Farben, vom Atlantik bis zur Südsee. Dazu hörte er seine Lieblingsmusik, das Meeresrauschen. Jahrzehntelang hatte er in engen Kojen geschlafen, deswegen hatte er sich in seinem Zimmer einen Bettschrank mit Seitenwänden und tiefer Decke gebaut, nur ohne Türen. Auf die Enge an Bord konnte er nicht ganz verzichten, so gelang ihm das Einschlafen immer noch am besten. Am liebsten wäre ihm gewesen, das Haus hätte auch geschaukelt, aber man konnte nicht alles haben.

Ocke war außer sich. Nach einem Jahr in der WG hatte sich so einiges bei ihm angestaut, was dringend raus musste. Seine Mitbewohnerinnen konnten einfach keine Ordnung halten, außerdem hatte er es satt, ständig übergangen zu werden. Dass Christa nachts Herrenbesuch empfing, ohne ihn zu informieren, setzte dem Ganzen die Krone auf. An Bord eines Schiffes wurde gemacht, was der Kapitän befahl, basta.

Kurz entschlossen riss er das große Poster mit der Gorch Fock von der Wand. Der Viermaster hatte Föhr im Sommer 1985 für ein paar Tage besucht, was Tausende von Schaulustigen angezogen hatte. Das Poster hatte ihm der damalige Kapitän des Segelschulschiffes höchstpersönlich geschenkt, er war gebürtiger Föhrer und ein guter Kumpel von Ocke. Aber das war längst Geschichte.

Ocke legte das Poster mit der Rückseite nach oben auf den Laminatboden. Wenn er seine Thesen schwarz auf weiß hier drauf malte, hatte das etwas Unausweichliches. Also schrieb er mit Edding in großen Blockbuchstaben seine Beschwerden zur aktuellen Lage auf. Anschließend las er sich den Text noch einmal durch und grunzte zufrieden: Ja, so war es richtig.

So leise wie möglich schlich er in den Flur, schleifte Christas Staffelei – sie war eine leidenschaftliche Malerin – vom Gemeinschaftszimmer in die Küche und befestigte das Plakat daran. So würden Christa und Imke es morgen noch vor dem Frühstück sehen.

Die handgemalten Thesen erlebten den Übergang von der Nacht zum Morgengrauen, lagen zwischenzeitlich im neutralen Licht grauer Wolken, um ab acht Uhr direkt von der Sonne beschienen zu werden.

WAS GAR NICHT GEHT:
(1) **Nach jedem Duschen bleiben Schamhaare im Abfluss!**
(2) **Versucht ihr, Pilze in gebrauchten Kaffeebechern zu züchten, die ihr auf dem Dachboden lagert?**
(3) **Holzbrettchen bekommen Risse, wenn sie nass werden. Sie haben nichts in der Spülmaschine zu suchen!**
(4) **Meine Zeichenstifte verleihe ich gerne – wenn man mich fragt!**

Obwohl er so spät ins Bett gegangen war, wachte Ocke am nächsten Morgen viel früher als sonst in seiner Koje auf. Missmutig sah er in den sonnig blauen Himmel, am weißen Fahnenmast im Garten kräuselte sich der Wimpel mit den friesischen Farben Gelb-Rot-Blau im auffrischenden Wind. Schlechtwetter hätte ihm besser gepasst. Das alte Backsteinhaus aus dem 19. Jahrhundert wurde beidseitig von riesigen Büschen geschützt, vorne wuchs eine hohe Hecke, und auf der Rückseite schaute man auf eine Weide, hinter der sich in sattem Grün die flache Marsch erstreckte. Im Haus befanden sich vier Zimmer, Küche und Abstellräume. Das Reetdach war leider schon in den zwanziger Jahren durch feste Ziegel ersetzt worden, die weißen Sprossenfenster waren aber immer noch aus altem Holz.

Ocke wusste, dass das gemeinsame Frühstück heute anders verlaufen würde als sonst. Draußen auf dem Flur vernahm er bereits Christas Schritte. Nicht nur, dass er sie von Imkes unterscheiden konnte, er hörte auch, ob sie Strümpfe trug oder barfuß lief, und an der Art, wie sie auftrat, spürte er, ob es ihr gut ging oder nur mäßig. Heute war ihre Laune offensichtlich prächtig, was mit Sicherheit dem Herrenbesuch der letzten Nacht zuzuschreiben war. Aber wenn sie erst das Plakat erblickte, würde ihre Laune schnell auf Grund laufen.

Sein Mund wurde trocken.

Gleich würde Christa an seiner Tür klopfen und ihn zur Rede stellen. Bevor das geschah, sollte er sich lieber sturmsicher machen. Also raus aus der Koje und ab zur Tür. Behutsam drückte er die Klinke runter und linste auf den schattigen Flur.

Alles frei.

In Rekordgeschwindigkeit huschte er ins gegenüberliegende Bad und schloss ab. Das hatte ihn fast so außer Atem gebracht wie ein Viertelmarathon. Er holte den Trockenrasierer aus dem Wandschrank und begann behutsam, seinen graumelierten Bart zu stutzen. Anschließend ließ er sich unter der Dusche abwechselnd heißes und kaltes Wasser über Kopf und Nacken laufen und trocknete sich sorgfältig ab. Im Ganzkörperspiegel, den Christa in die WG mitgebracht hatte, sah sein Körper gut aus. Seine Haut war gebräunt, er war noch schlank, wenn auch nicht gertenschlank, sein Haar voll und grau. Für siebenundsechzig war er noch gut beieinander, fand er, einer, der sich in Form hielt und dennoch nicht auf Genuss verzichtete.

Zurück in seinem Zimmer, entschied er sich bewusst gegen seine Berufskleidung, Jeans und blaues Fischerhemd mit rotem Tuch um den Hals. Als Taxifahrer entsprach er sonst gerne dem Bild, das Touristen von einem Einheimischen hatten. Aber heute kramte er aus dem Schrank das graue Designerhemd und die helle Hose hervor. Beides hatte er vor einem halben Jahr in Flensburg gekauft, aber noch nie getragen.

Der Ganzkörperspiegel signalisierte ihm, dass alles so saß, wie es sollte.

Plötzlich fiel ihm siedend heiß ein, dass er einen kapitalen Fehler begangen hatte. Schon beim Einzug hatte er seine Mitbewohnerinnen darum gebeten, nach jedem Duschen die Kacheln mit einem Lederlappen trocken zu wischen und die Haare aus dem Abfluss zu entfernen. Ordnung an Bord war überlebenswichtig! Die beiden hatten sich sofort einverstanden erklärt, hielten sich aber nur jedes dritte Mal daran.

Nun hatte er es selbst vergessen. Schnell schlüpfte er ins Bad zurück und begann mit dem Lederlappen die Kacheln zu wienern. Blöderweise landete dabei von der Dusche ein Tropfen auf seinem grauen Designerhemd und vergrößerte sich sofort auf das Dreifache. Ocke war das egal, denn was er gerade entdeckte, ließ seine Halsschlagader heftig anschwellen: Im Abfluss befanden sich schwarze Haare!

Christa war blond, Imke blond gefärbt, er selbst grau.

Mit anderen Worten: Diese Haare mussten von Christas Lover stammen, oder, schlimmer noch, von dessen Köter. Ekliger ging es nicht.

Ocke sah sich um.

Auf einem Badezimmerschränkchen lag eine durchsichtige Plastiktasche mit ein paar Cremetuben. Er schüttete die Tuben ins Waschbecken, stülpte die kleine Tasche nach außen, fasste hinein und nahm damit die Haare aus dem Abfluss wie Hundebesitzer den Haufen ihrer Tiere. Triumphierend schloss er die Tasche mit dem Zippverschluss. Das war wichtiges Beweismaterial, das er nicht zurückhalten würde, wenn er gleich die Terrasse enterte.

An der Tür nach draußen hielt Ocke kurz inne. Christa und Imke hatten sich offenbar gerade an den Frühstückstisch gesetzt.

«Moin, Christa, gut geschlafen?», erkundigte sich Imke mit brüchiger Stimme.

«So gut wie lange nicht mehr», gurrte Christa durch ihre Müdigkeit hindurch. «Und selbst?»

«Ging so.»

«Kein Wunder, wenn du so spät noch unterwegs bist.»

«Du siehst auch nicht gerade ausgeschlafen aus.»

Bevor die beiden auf Details der letzten Nacht zu sprechen kamen, gab Ocke sich einen Ruck und schoss durch die Tür.

«Moin!»

Im hellen Sonnenlicht musste er sich erst einmal orientieren. Der Tisch war mit allem gedeckt, was er gerne mochte: Brötchen, Marmelade, Käse, Wurst, Ei und Kaffee. Imke lackierte sich gerade die Zehennägel neongrün, was für ihn am Frühstückstisch eigentlich gar nicht ging. Anstatt einzuschreiten, saß Christa im Bademantel daneben und biss ungerührt in ein Krabbenbrötchen. Er musste sich eingestehen, dass sie mit ihren strahlend blauen Augen und den hohen Wangenknochen auch ungeschminkt wunderbar aussah. Ihre schulterlangen Haare wurden vom warmen Wind in alle Richtungen gewirbelt.

«Ocke!», riefen Christa und Imke wie aus einem Munde und rissen ihn aus seinen Gedanken.

«Hast du noch was vor?», erkundigte sich Christa begeistert.

«Wieso?», grummelte er, ohne seine Mitbewohnerinnen anzuschauen.

«Na, du hast dich so aufgebrezelt.»

«Nicht gut?», fragte er mürrisch.

«Doch, klasse!», bestätigte Imke.

Auch Christa strahlte: «Steht dir hervorragend!»

Ocke nickte geschmeichelt, doch dann fiel ihm auf, dass die beiden gar keinen Kommentar zu seinem Plakat abgegeben hatten. Imke und Christa konnten die Staffelei in der Küche wohl kaum übersehen haben. Wie auch immer, er war bestens vorbereitet, in seiner Gesäßtasche steckte die Tüte mit den Haaren, die er im Duschabfluss gesichert hatte.

«Was ist denn nun mit morgen, Imke?», erkundigte sich Christa. «Wir müssen uns dringend noch ein paar Gedanken machen.» Für Imkes achtundsiebzigsten Geburtstag am nächsten Tag waren über hundert Gäste eingeladen worden.

«Am liebsten wäre mir eine altmodische Siebziger-Jahre-Party», seufzte Imke, während sie ihren rechten großen Zeh ausmalte. «Das war so eine schöne Zeit!»

Ocke wusste, worauf Imke anspielte: Damals hatte sie, verheiratet und Mutter von vier Kindern, Johannes von der Nachbarinsel Amrum kennengelernt, der für Jahrzehnte ihr heimlicher Geliebter wurde und vor zwei Jahren verstorben war. Ocke war einer der wenigen, die sie eingeweiht hatte.

«Wir haben Attika geraucht», schwelgte Imke. «Die gab es in einer grünen Packung.»

Christa nickte. «Erinnert ihr euch noch an Ata-Scheuerpulver? Heute würde man das Zeugs wahrscheinlich als chemischen Kampfstoff einstufen.»

«Gerochen hat es damals schon so», sagte Ocke.

Christa schaute Imke begeistert an. «Wir sollten Glitzeranzüge und Plateauschuhe tragen!»

«Ich komme als Einheimischer», grummelte Ocke. Da musste er sich wenigstens nicht verkleiden, er war nicht gerade ein begeisterter Anhänger des Karnevals.

Imke fuchtelte mit ihrem Brötchen in der Hand herum. «Heute feiern die Leute so, als ob sie alle schwer krank sind, mit Gemüsedips und Tofu-Frikadellen. Ich möchte, dass wir mal wieder eine rauchen, und es soll Unmengen von Cholesterin geben. Außerdem soll schwer getrunken werden – so wie früher, als noch *richtig* gefeiert wurde.»

«Und was hast du noch für Wünsche?», erkundigte sich Ocke. Immerhin mussten er und Christa das Ganze vorbereiten.

«Ich mache eine Weißwein-Bowle.»

Christa verschluckte sich vor Lachen fast an ihrem Brötchen: «Eine Bowle? Das Wort habe ich Jahrzehnte nicht gehört.»

Imke schob Ocke ein Glas mit eingeweckten Erdbeeren hin. «Kannst du das mal aufmachen?»

Ocke drückte die Metallbügel nach unten, dann sprang der Deckel auf. Eine schwere Duftwolke aus süßem Alkohol waberte in seine Nase.

«Probier mal», forderte Imke ihn auf.

Er nahm einen kleinen Löffel und kostete eine Spitze. Imke und Christa warteten gespannt auf sein Urteil.

Das Zeug schmeckte genau so, wie es roch.

«Ich bin ja viel rumgekommen in meinem Leben», sagte er, «aber so einen heftigen Rumtopf habe ich noch nie getrunken. Mannomann, ist der stark!»

«Der wird ja noch mit Weißwein verdünnt», beruhigte ihn Imke.

«Na, dann ...», lachte Christa.

«Ich habe noch einige Gläser davon im Keller, die müssen dringend weg.»

«Wir sollten das Gemeinschaftszimmer ausräumen», sagte Christa. «Irgendwo müssen wir ja tanzen, oder was meinst du, Imke?»

«Absolut! Das soll auf keinen Fall eine Alte-Leute-Party werden, immerhin werde ich erst achtundsiebzig. Ocke, was ist mit Musik? Baust du deine Anlage auf?» Sie war offenbar fertig mit Frühstücken und hatte sich bereits erhoben.

«Ayaye, Sir», sagte er. «Aber für den Garten muss Arne seine Boxen mitbringen.»

Das hatte Ocke mit Imkes ältestem Sohn schon besprochen, Arne würde singen, und er würde ihn an der Gitarre begleiten.

«Ich komme gleich wieder.» Imke erhob sich und verschwand im Haus.

Sobald Imke weg war, rückte Christa ganz nahe an Ocke heran und nahm seine Hand. Und obwohl Ocke eigentlich sauer auf sie sein sollte, merkte er, dass er schwach wurde.

«Ich muss dir etwas beichten», flüsterte sie geknickt. «Du hast es wahrscheinlich schon mitbekommen, oder?»

Ocke schluckte, jetzt kam es also. Er wurde ganz nervös. Aber nein, er würde sich nicht bestechen lassen. Vorsorglich fasste er sich an die Hosentasche, um die Tüte mit den Haaren blitzschnell herausziehen zu können.

«Ja?»

«Ich bin ja nun mal Imkes Pflegerin, ich hätte einfach besser aufpassen müssen.»

Christa war ganz offiziell zuständig für alles, was Imke nicht mehr konnte. An manchen Tagen war es das Anziehen, aber das kam selten vor, es ging eher um Dinge wie Herdplatte ausschalten und Zimmer aufräumen.

«Was ist denn passiert?»

Christa rückte noch näher.

«Imke hat in deinem Zimmer das Foto mit der Gorch Fock abgerissen und hinten etwas draufgekritzelt. Sie hat das Bild auf die Staffelei gestellt und in der Haushaltskammer versteckt.»

Ocke machte der Hautkontakt mit Christas Hand ganz unruhig, er winkte lässig ab: «Wenn's nur das ist ...»

«Ab jetzt werde ich sie besser im Blick behalten, da kannst du dich drauf verlassen.»

Einen Moment überlegte er noch, ob er das Poster holen und ihr die Rückseite präsentieren sollte. Aber irgendwie hatte er den richtigen Zeitpunkt verpasst. Christa hatte ihn wieder mal völlig aus dem Konzept gebracht. Imkes Geburtstagsfeier, so viel stand fest, würde eine Tortur für ihn werden – und zwar nicht wegen des Cholesterins ...

## 3. Flucht übers offene Meer

«Also, meine Lieben», sagte Christa, als Imke wieder da war, «wir kriegen morgen eine Menge Besuch, und es sieht überall aus wie Sau. Wir brauchen eine Putzaktion, wie sie die Welt noch nicht gesehen hat!»

Imke schaute sie missmutig an, Hausarbeit war noch nie ihre Sache gewesen. Als Mutter von vier Kindern hatte sie sich diesbezüglich immer irgendwie durchgemogelt, aber nie Ehrgeiz entwickelt. Die einzige Ausnahme war das Kochen, was schon als Jugendliche ihr Hobby gewesen war. Christa und Ocke erwarteten jetzt sicherlich keine Höchstleistung von ihr, sie sollte lediglich die Pflanzen im Gemeinschaftszimmer abstauben, aber selbst das war ihr zu viel. Morgen würden um die hundert Gäste kommen und ohnehin alles wieder einsauen, dafür wollte sie nicht ihre Kräfte verschwenden. Also erklärte sie Christa und Ocke, dass sie noch ganz dringend etwas frische Luft auf dem Deich schnuppern müsse, um fit zu werden. Die beiden ahnten wohl, dass sie sich drücken wollte, sagten aber nichts.

Der Wind hatte etwas nachgelassen, die Sicht war klar. Langsam schlenderte Imke in Richtung Deich, den viele Menschen zum natürlichen Landschaftsbild der Insel Föhr zählten, obwohl er ja ein künstlich aufgeschüttetes Bollwerk war. Schon nach den ersten Schritten war sie, trotz ihres bedächtigen Tempos, aus der Puste. Der Deich baute sich vor ihr auf wie ein alpines Bergmassiv – lächerlich! Das war mal ganz anders gewesen, erinnerte sie sich. 1972, als es in Deutschland die sogenannte Trimm-Dich-Aktion gegeben hatte, die die Leute dazu bringen sollte, mehr Sport zu treiben, war auch im Kurpark ein Trimm-Dich-Pfad installiert worden. Imke hatte als Erste den Parcours mit Klimmzügen und Bauchmuskelübungen in einem dunkelblauen Polyacryl-Trainingsanzug absolviert. Der *Wyker Bote* hatte sogar ein Foto von ihr auf Seite eins gebracht. Seitdem betete sie zu Gott, dass er das Zeitungsarchiv durch Feuer oder Sturmflut vernichten möge, denn ihre Frisur und die weißen Schweißbänder an Stirn und Handgelenken machten sie im Nachhinein zu einer Karikatur. Leider hatte der Herrgott sie bisher nicht erhört.

Imke schaute auf einen Ohrenkneifer vor ihren Füßen, der blitzschnell zwischen den Grashalmen davonhuschte; sie beneidete ihn für seine Mühelosigkeit. Auf keinen Fall würde sie aufgeben. «En betj gongt immer», murmelte sie ihr friesisches Mantra vor sich hin, «ein bisschen was geht immer». Das gab ihr das letzte Quäntchen Kraft, das ihr gefehlt hatte.

Als sie endlich die Deichkrone erreichte, kam sie sich vor wie auf dem Siegertreppchen bei der Olympiade. Ihr Herz hüpfte, als stünde sie hier das erste Mal. Sie schaute in den riesigen Himmel über dem Watt, von gegenüber leuchtete ihr die sonnenverwöhnte, sandige Südspitze von Sylt entgegen. Imke schloss die Augen und ließ ihr Gesicht vom Wind massieren. Er hatte heute genau die Stärke, die ihn zärtlicher sein ließ als jede menschliche Hand. Sanft strich er ihr über die Stirn, füllte mit leichter Kühle ihre Augenhöhlen und berührte fast unmerklich ihre Wangen.

Dann drehte er und nahm sich vorsichtig ihren Nacken vor.

Sie ging den vertrauten Weg zum Watt hinunter. Der Meeresboden unter ihr war weich, aber nicht so nachgiebig wie sonst. Erst nach einigen Metern bemerkte sie, woran das lag: Sie trug noch ihre Ledersandalen. Auch wenn sie vorhatte, nur ein paar Schritte zu gehen, wollte Imke den warmen Schlick unter ihren Füßen spüren. Also zog sie die Schuhe aus und legte sie auf eine kleine Muschelbank, auf dem Rückweg würde sie sie wieder einsammeln. Ihre grün lackierten Fußnägel leuchteten auf dem Wattboden wie Steuerbordbojen.

Jetzt hielt sie direkt auf Sylt zu. Die Nachbarinsel sah verlockend nahe aus, aber sie wusste, man konnte sie zu Fuß nicht erreichen. Der direkte Weg wurde durch einen tiefen Priel unterbrochen, der auch bei Ebbe nicht trocken lief. Es war einer der Gründe dafür, warum die Beziehung der Föhrer zu Sylt traditionell nicht so eng war wie die zu Amrum, was sich auch in der Sprache zeigte: Das Amrumer und das Föhrer Friesisch waren ähnlich, während das Sylter Friesisch für Föhrer nahezu unverständlich war. Plötzlich wusste Imke nicht mehr, ob sie die Geschichte mit dem Priel wirklich glauben sollte. Die Berliner Mauer war ja auch gefallen, obwohl es keiner für möglich gehalten hatte. Das Wattenmeer veränderte sich jeden Tag, vielleicht gab es den Priel überhaupt nicht mehr.

Also auf nach Sylt!

Im Gegensatz zu dem warmen Schlick war der Wind recht kühl. In ihrem weißen T-Shirt mit den bunten Pailletten war die Temperatur gerade so auszuhalten. Ein Gutes hatte die Brise auf jeden Fall: Sie kam von hinten und hielt sie frisch, sodass Imke sich viel stärker fühlte als vorhin auf dem Deich. Ihr fiel ein, dass sie gar kein Geld dabei hatte, falls sie sich auf Sylt ein Fischbrötchen kaufen wollte. Aber das würde sich finden.

Unbeirrt hielt sie auf den Leuchtturm von Hörnum zu, den sie seit frühster Kindheit bei allen Wetterlagen und Jahreszeiten kannte. Die Wolken am Himmel spiegelten sich in den unzähligen Pfützen, wodurch Oben und Unten zu einem großen Ganzen verschwammen.

Nachdem sie etwa eine halbe Stunde durchs Watt gewandert war, ging ihr plötzlich die Luft aus. Ein Schwächeanfall, noch schlimmer als vorhin auf dem Deich. Sie wusste, was das bedeutete: Ein paar Seemeilen weiter lauerten Millionen Tonnen grimmigen Meerwassers, die in ungefähr zwei Stunden alles ersticken würden, was nicht Meerestier war. Das war ihr sicherer Tod!

Ihr Herz begann zu rasen, sie schwitzte und zitterte, ihr wurde kalt. Plötzlich sehnte sie sich nur noch nach Erlösung. Das erste Mal in ihrem Leben wäre sie einverstanden damit gewesen, sich der Flut zu überlassen. Ihr fiel ein, dass sich bei den Eskimos die Alten auf einer Eisscholle aussetzen ließen, wenn die Zeit gekommen war, damit sie der Gemeinschaft nicht länger zur Last fielen.

Doch dann kam ihr Johannes in den Sinn. Wenn sie sich aufgab, beendete sie damit ihre Liebe, das konnte sie ihm nicht antun. Er brauchte sie und sie ihn. Unschlüssig schaute sie sich um: Amrum, Sylt und das Festland waren gleich weit entfernt, wohin sollte sie gehen? Natürlich zu Johannes! Sie mobilisierte ihre letzten Kräfte, jeder Schritt war so anstrengend wie ein ganzes Fußballspiel. Erste Vorboten der Flut leckten bereits über die Wattfläche, zudem hatte sie irrsinnigen Durst, was ihr angesichts der heranrückenden Wassermassen fast grotesk erschien. Schließlich schien Amrum zum Greifen nahe, der Wind wehte ein paar Sandkörner von den weitläufigen Dünen herüber.

Doch zwischen ihr und der Insel lag noch ein Priel, der sich rasend schnell füllte. Sie hatte sehr viel Zeit verloren, der Wasserstand war bedenklich, die Strömung reißend. Ohne zu zögern, zog sie sich ganz aus und stieg nackt in das eiskalte Wasser, das ihr bis zur Brust ging, ihre Klamotten trug sie auf dem Kopf.

Es ging gerade so.

Als sie den Priel erfolgreich durchwatet hatte, zog sie sich die Sachen wieder über die nasse Haut und schleppte sich mit allerletzter Kraft auf den asphaltierten Feldweg Richtung Norddorf. Ein stark auffrischender Rückenwind unterstützte sie dabei, sonst hätte sie es wohl nicht geschafft. Die sandigen Dünen neben dem Weg wurden abgelöst durch Weiden, auf denen schwarzbuntes Vieh graste, dann erreichte sie die Kreuzung Oode Waii / Bideelen, wo Johannes' rot geklinkerte Doppelhaushälfte mit dem hohen, steilen Dach stand. Das Haus kannte sie seit vierzig Jahren, es war ihr weitaus vertrauter als die WG-Räume, die sie seit einem Jahr bewohnte.

Wenn die Kreisel in ihrem Kopf allerdings noch ein paar Sekunden so weiter tanzten, würde sie ohnmächtig zu Boden fallen. Bitte nicht, so kurz vorm Ziel!

Vor dem Eingang parkte ein großer kakaobrauner Kombi mit Dachreeling, den Imke noch nie gesehen hatte. Wo war der gute alte Lada geblieben, der für Johannes als Russisch-Dozent eine Art Aushängeschild gewesen war?

Die schwere braune Eingangstür war nicht abgeschlossen. Fast schaffte sie es nicht, die Klinke herunterzudrücken, so schwach war sie. Im Flur roch es anders, als sie es in Erinnerung hatte, und Johannes hatte die Schwarzweißfotos vom Watt abgehängt und durch Farbfotografien fremder Leute ersetzt. Aus dem Wohnzimmer hörte sie Stimmen, Johannes hatte wohl Besuch. In diesem Zustand mochte sie ihm nicht entgegentreten, was sollte er von ihr denken? Er kannte sie als modebewusste Frau und nicht als Häufchen Elend.

Sie hatten sich einige Zeit nicht gesehen.

Wann war das letzte Mal gewesen?

Sie konnte sich nicht erinnern, und plötzlich war es ihr auch egal, sie wollte nur noch schlafen. Also kämpfte sie sich die Holztreppe in den ersten Stock hoch. Auf den Stufen lag noch der alte rote Bastteppich, der unangenehm unter ihren nackten Fußsohlen kratzte. Sie wankte durch die erste Tür, hier befand sich das Schlafzimmer. Auch diesen Raum hatte Johannes vollkommen neu eingerichtet, hier stand jetzt ein wuchtiges Doppelbett, und die Schränke waren alle ausgewechselt. Das hatte er gar nicht erwähnt, es sollte wohl eine Überraschung sein. Neben dem Bett entdeckte sie eine halbvolle Wasserflasche, die sie in hastigen Zügen austrank. Dann legte sie sich, ohne sich auszuziehen, aufs Bett und fiel in einen tiefen Schlaf.

Dass die Urne mit Johannes' Asche seit zwei Jahren auf dem Grund der Nordsee lag und dieses Haus längst anderen Leuten gehörte, hatte sie glatt vergessen.

## 4. Putzen und lieben

Als Erstes nahm sich Ocke das Gemeinschaftszimmer vor. Im Grunde war diese Bezeichnung falsch, denn das eigentliche Gemeinschaftszimmer in ihrer WG war – wie in den meisten WGs – die Küche. Nicht einmal zum Fernsehgucken trafen sie sich hier in diesem Raum, da bevorzugten sie die Riesenglotze in Ockes Zimmer. Aber da das Zimmer nun mal da war, hatten sie es etwas lieblos mit all den Möbeln zugestellt, die sie in den anderen Räumen nicht haben wollten, zum Beispiel Christas dunkelbrauner Cord-Stoffcouch, die einen Platz im Museum verdient hätte, wenn sie nicht so durchgesessen gewesen wäre, oder Imkes klobige schwarze Ledersessel, die in ihrer alten Wohnung im Keller gestanden hatten und die überhaupt nicht zur Couch passten.

An der Wand hingen großformatige Schwarzweißfotos, sie zeigten verkantete Eisschollen, die sich im Watt zu bizarren Gebilden auftürmten, wie Trümmer von Häusern, die gesprengt worden waren. Die Bilder hatte Christa fotografiert und entwickelt. Sie stammten nicht aus dem ewigen Eis, sondern vom letzten Winter auf Föhr. Eigentlich schneite es nicht oft auf der Insel, das Meeresklima sorgte dafür, dass das Thermometer selten weit unter null ging. Aber das Wetter verhielt sich hier so wie die meisten Menschen, die auf Diät waren: Es machte gerne mal eine Ausnahme. Eine davon war jener eiskalte Januar gewesen, wo an manchen Tagen die Fährverbindung zum Festland wegen starken Eisgangs eingestellt werden musste.

Nachlässig wischte Ocke mit dem Staubwedel über die großen Blätter der zahllosen Pflanzen. Grünzeugs hatte es in den fünf Jahren, in denen er vorher hier gewohnt hatte, nicht gegeben. Dieses Zimmer war seine Mofa-Werkstatt gewesen, während Christas jetziges Zimmer als Ersatzteillager gedient hatte. Auch an Land konnte er als ehemaliger Schiffsmaschinist nicht ganz von Motoren lassen. Er baute aus zwei, drei alten Mofas ein funktionstüchtiges zusammen und wurde so zur heißen Adresse für die Erstmotorisierung von Jugendlichen auf Föhr. Als Imke und Christa bei ihm eingezogen waren, hatte er die Zahl der Mofas halbiert und sie in den Gartenschuppen verbannt.

Plötzlich fragte er sich, ob er in der Zeit vor Gründung der WG nicht glücklicher gewesen war als jetzt, auch wenn er manchmal sehr unter seiner Einsamkeit gelitten hatte.

Die Antwort lautete ganz klar: ja!

Da gab es keine fremden Männer, die erst seine Mitbewohnerin beglückten und dann übers Fenster abhauten – nicht ohne büschelweise Hundehaare in der Dusche zu hinterlassen. Keine Diskussion übers Putzen, Aufräumen und Bügeln. Trotzdem, das musste er sich eingestehen, hatte man es allein auch oft schwer, und nicht nur an kalten Wintertagen.

Imke hatte schon seit Jahrzehnten zu seinen festen Freunden gezählt, obwohl sie deutlich älter war als er. Die beiden hatten sich in einem Kochkurs kennengelernt, den er in der Wyker Volkshochschule gegeben hatte: «Asiatische Küche für Anfänger». Auf seinen Schiffsreisen hatte Ocke den Köchen in der Kombüse immer interessiert über die

Schulter geschaut, und auch auf seinen Landgängen, die oft Wochen dauerten, hatte er einige Rezepte aufgeschnappt. Für den Kurs in Wyk war er damals extra nach Hamburg gefahren, um seltene Originalgewürze zu kaufen, die es auf Föhr nicht gab.

Christa kannte er vorher nur vom Sehen. Am liebsten saß sie auf dem Deich und fotografierte. Dazu brauchte sie nicht mehr als ihren Klappstuhl und den Blick in die Weite, und das bei jedem Wetter: im Winter notfalls mit arktistauglichem Schlafsack. Gleichzeitig war sie eine lebensfrohe, weltoffene Frau, die gern lachte und fünfe gerade sein ließ. So diszipliniert sie mit ihren vegetarischen Essgewohnheiten und dem regelmäßigen Joggen war, so spontan war sie auch, wenn es ums Feiern ging.

Ja, Christa war eine großartige Frau, das musste er sagen, und noch dazu unglaublich attraktiv. Dass sie einen wildfremden Kerl einfach so bei sich übernachten ließ, hätte er ihr trotzdem nicht zugetraut. Abgesehen davon fand er es eine Frechheit, schließlich war er hier immer noch der Hauptmieter! Solch ein Verhalten musste er sich nicht bieten lassen.

Er könnte Christa kündigen, aber dann müsste er auch Imke hinauswerfen, denn die war auf Christas Pflege angewiesen. Wie sollte er ihr das verklickern, wo sie sich hier dermaßen wohl fühlte? Nein, das ging nicht. Also gab es nur eine Möglichkeit: Der Kerl musste weg.

Ocke schnappte sich den neuen Riesenstaubsauger und stellte ihn mit dem Fußschalter an, während Christa gerade im Flur auf allen vieren an ihm vorbeirobbte, Eimer mit Putzlappen neben sich. Sie hatte sich ein rotes Kopftuch mit gelben Punkten umgebunden und machte sich nun an den Fußleisten zu schaffen.

Grinsend schwenkte er den Saugrüssel in Richtung ihres

Kopfes. Die Kraft des neuen Staubsaugers war beeindruckend: Schwupp, war das Kopftuch weg.

Christa reagierte schneller als gedacht.

Im Bruchteil einer Sekunde landete ihr Putztuch auf seinem Kopf. Als er es wegnehmen wollte, hatte Christa bereits den Staubsauger erobert und fuchtelte mit dem Saugrüssel vor seinem Mund herum. Dafür bekam sie den Lappen wieder – auf die Schulter. Sie tauchte ihn tief ins Wasser und schleuderte ihn Ocke an den Kopf. Der nahm die Fehde an und stürmte auf den Flur, wo er mit einem Schwall Wasser begrüßt wurde, der seinen Oberkörper vollständig einnässte. Quietschend vor Lachen, rannte Christa nach draußen auf die Terrasse. Ocke machte einen kurzen Abstecher ins Bad, füllte dort seinerseits einen Eimer mit Wasser und nahm ihn mit auf die Terrasse.

Dort empfingen ihn die pralle Sonne und ein kühler Wind – nur Christa war nicht zu sehen. Mit dem Eimer in der Hand lief er in den Garten, um sie zu suchen. Da erwischte ihn von hinten der Wasserstrahl des Gartenschlauchs, jetzt war er vollständig nass. Der anschließende Kampf um die Hoheit über den Schlauch wurde erbittert und mit allen Mitteln ausgefochten. Ockes Kraft setzte Christa ihre Geschicklichkeit entgegen, keiner von beiden gewann, am Ende war jedenfalls auch Christa pitschnass. Sie fiel Ocke in die Arme und bat, nach Luft japsend, um Gnade. «Ich kann nicht mehr.»

Sie schauten sich lachend an und wischten sich das Wasser aus dem Gesicht.

Der Kerl in Christas Leben wäre Ocke vollkommen egal gewesen – wenn sie nicht seine absolute Traumfrau gewesen wäre!

## 5. Imke und die Mondgesichter

Die pralle Nachmittagssonne, die durch das Giebelfenster aufs Bett schien, weckte Imke aus einem tiefen Schlaf. Wo war sie? Verwirrt drehte sie sich zur Seite und erschrak: Vom Nebenbett starrten sie vier bebrillte Mondgesichter an. Ein runder, blasser Vaterkopf um die vierzig, ein runder Mutterkopf und zwei Zwillingsmädchen, die nicht ganz so kugelig waren wie ihre Eltern. Die starken Brillengläser ließen ihre Augen erheblich größer erscheinen – wie bei Fischen vor einer Aquariumsscheibe. Offenbar besaß die ganze Familie die gleiche Sehschwäche. Keiner sagte etwas, die Fische starrten sie nur stumm an.

Imke schaute stumm zurück.

«Dr. Bösinger», stellte sich der kalkblasse, rundliche Mann nach einiger Zeit vor. Er saß in einer kurzen khakifarbenen Hose am Rand des Bettes. Wenn man ihm einen Tropenhelm aufsetzte, würde er einen perfekten britischen Kolonialherrn aus dem vorletzten Jahrhundert abgeben. Er hatte einen Seitenscheitel, die Kopfhaut war von der Sonne verbrannt.

«Bösinger», stellte sich nun die Frau vor. Sie trug ebenfalls kurze Hosen und eine khakifarbene Bluse.

«Wer bist du?», fragte einer der Zwillinge. Beide Mädchen trugen weiße T-Shirts mit einem stilisierten Fisch, wie man ihn manchmal auf den Rückfronten von Autos sah, das Zeichen der radikalen Christen.

«Imke Riewerts», Imke richtete sich auf.

«Angenehm», sagte Herr Bösinger.

«Wir sind die Bösingers», fasste die Frau noch einmal zusammen. Ihr Lächeln wirkte aufgesetzt, ihre Augen blieben kalt und abweisend. «Und das hier ist unser Ferienhaus.»

Plötzlich wurde Imke klar, wo sie sich befand: im ehemaligen Haus von Johannes! Die Möbel waren zwar neu, aber sie erkannte das Schlafzimmer wieder. Was war geschehen?

Langsam erinnerte sie sich. Sie war den ganzen Vormittag durchs Watt gelaufen. Anschließend musste sie einen Schwächeanfall erlitten haben, denn sie wusste nicht mehr, wie sie in dieses Bett gekommen war. Wie gerne wäre sie weiter verwirrt gewesen, dann müsste sie sich jetzt nicht so sehr schämen ...

Aber so? Wie kam sie hier wieder raus?

«Ich finde dich lustig», sagte eines der Mädchen und lachte.

Wenigstens das.

«Unten warten Kaffee und Kuchen auf Sie», sagte Frau Bösinger mit freundlicher Stimme. Doch ihre Augen hatten sich immer noch nicht aufgehellt, sie blieb misstrauisch.

«Ich beziehe erst einmal das Bett neu», schlug Imke vor.

«Das mache ich schon. Gehen Sie doch schon mal ins Badezimmer, ich habe Ihnen ein Handtuch hingelegt.»

Es klang nicht wie ein Angebot, sondern wie ein Befehl.

Imke erhob sich.

«Wo sind meine Schuhe?»

«Sie sind barfuß gekommen», erklärte Herr Bösinger. Ganz vage dämmerte Imke, dass sie ihre Schuhe im Dunsumer Watt zurückgelassen hatte.

«Das Badezimmer ist ...», rief Frau Bösinger.

«... hinten rechts, ich weiß», sagte Imke.

Die Bösingers schauten sich erstaunt an.

Erleichtert stellte Imke fest, dass das Bad immer noch das alte war: Die blass-orangen Kacheln waren an einigen Ecken abgeplatzt, die Armaturen hatten Patina angesetzt, die sich vermutlich auch mit Gewalt nicht mehr abschrubben ließ. Sie zog ihr T-Shirt aus und versuchte die klamme Jeans herunterzuziehen. Ärgerlicherweise hatte sie vergessen, die Tür abzuschließen, was Frau Bösinger nachholte, denn sie war inzwischen ins Bad gekommen.

«Ich helfe Ihnen.»

Widerspruch zwecklos.

Frau Bösinger zerrte Imke die Jeans vom Leib, dann machte sie sich an ihrem Slip zu schaffen.

«Das schaffe ich selbst», protestierte Imke.

Vergebens, Frau Bösingers Pflegerinnenhände akzeptierten keine Selbstbestimmung.

Nackt stieg Imke unter die Dusche, während Frau Bösinger die «richtige» Temperatur einstellte, die Imke viel zu kalt war. Das Wasser prasselte auf sie nieder, und plötzlich musste sie daran denken, wie sie sich unter der Dusche mit Johannes geliebt hatte. Es fühlte sich wie gestern an. Doch da stellte Frau Bösinger den Hahn auch schon wieder aus, offensichtlich reichte es.

Ersatzkleidung hatte sie auch schon bereit gelegt: eine viel zu weite Jogginghose, die Herrn Bösinger gehören musste, und ein weißes T-Shirt, ebenfalls mit einem stilisierten Fisch darauf.

«Malen Sie Ihre Zehen immer so an?», fragte Frau Bösinger.

Imke starrte auf ihre quietschgrünen Nägel. Am liebsten wäre sie sofort abgehauen, aber dann würden die Bösingers bestimmt die Polizei rufen. Es war taktisch klüger, nett zu sein, ein bisschen Kuchen zu essen und sich dann höflich zu verabschieden.

Herr Bösinger wartete bereits am gedeckten Kaffeetisch im sonnenbeschienenen Garten auf sie. Hier hinterm Haus war es windgeschützt und damit etliche Grad wärmer als auf der Seeseite, wo der Nordseewind heftig blies.

«Machen Sie hier Urlaub?», erkundigte sich Herr Bösinger in fröhlichem Plauderton. Was wie ein nettes Gespräch klingen sollte, fühlte sich an wie ein Verhör.

«Nein, ich wohne auf Föhr.»

«Ah, das ist ja interessant ... Dann war das ein Tagesausflug?»

Imke konnte sich jetzt deutlich erinnern, warum sie heute Morgen das Weite gesucht hatte.

«Ich hatte Putzdienst.»

«Sie wohnen in einem Heim?»

Müsste sie dann putzen?

«Nein, in einer Kommune.»

Vermutlich war es die falsche Vokabel, aber ihr fiel das richtige Wort nicht ein.

«Mit freier Liebe?», Herr Bösinger lachte nervös.

Imke spielte am Henkel ihrer Kaffeetasse herum. Wie kam sie hier bloß wieder raus?

«Ja», antwortete sie provokativ.

«Friedrich, die Zwillinge!», wies Frau Bösinger ihren Mann zurecht. Das Ehepaar warf sich verstohlene Blicke zu, als wüssten sie nun endgültig, dass Imke abgehauen war. Freie Liebe in ihrem Alter, da konnte etwas nicht stimmen.

Nun nickte Frau Bösinger ihrem Mann auffordernd zu.

«Ich möchte vor dem Essen ein Gebet sprechen», sagte er.

«Nichts dagegen», sagte Imke, obwohl sie sich schon wunderte. Bisher kannte sie, wenn überhaupt, Tischgebete nur zu den Hauptmahlzeiten.

Herr Bösinger hob mit geschlossenen Augen die Arme Richtung Himmel, und seine Frau gab ein Zeichen, dass Sie nun alle die Augen zu schließen hätten.

«Lieber Herrgott», begann er, «Vater, du hast deinen Sohn Jesus Christus auf diese Erde gesandt, um uns alle zu erlösen. Dafür möchte ich dir danken. Ich möchte dir auch danken für den Kuchen, die Sahne, dieses Ferienhäuschen ...»

Imke nahm an, dass das hier länger dauern würde, also öffnete sie vorsichtig die Augen. Genau darauf hatten die Zwillinge gewartet, sie zwinkerten ihr fröhlich zu. Doch ihre Mutter, die schon so etwas geahnt hatte, öffnete nun ihrerseits die Augen und blinzelte empört dazwischen. Da sie das Gebet nicht unterbrechen durfte, blieb ihr nur die Pantomime mit angestrengt zusammengekniffenen Augen, unter besonderer Einbeziehung ihrer starken dunklen Brauen.

«... und danke, dass du uns Imke Riewerts geschickt hast ...»

Imke horchte erschrocken auf: Hielten die Bösingers sie für eine Gesandte Gottes? In was für einer Sekte war sie hier gelandet?

«... bitte schenke uns deinen Segen. Amen.»

Herr Bösingers Mondgesicht, das beim Beten ganz verkniffen ausgesehen hatte, schnellte in seine ursprüngliche Form zurück und strahlte nun zufrieden in die Runde. Die Familie fasste sich an den Händen, ohne Imke auszuschließen, dann riefen sie laut «Guten Appetit» und ließen sich wieder los.

«Und nach dem Kaffee bringen wir Sie nach Hause», sagte Herr Bösinger.

«Kommt gar nicht in Frage!», protestierte Imke, «ich nehme mir ein Taxi zur Fähre.»

«Haben Sie denn Geld bei sich?»

Das war leider ein guter Einwand.

«Nein.»

Mist, sonst verließ sie das Haus nie ohne Portemonnaie.

«Ich übernehme das gerne», gab sich Herr Bösinger generös. Offenbar sollte sie das beruhigen, dabei fühlte sich Imke den Bösingers vollkommen ausgeliefert, was die irgendwie zu genießen schienen. Die ganze Zeit taten sie so, als sei sie ein Gast, den sie eingeladen hatten. Andererseits hätte es Imke schlimmer treffen können; beim Anblick einer fremden Frau im eigenen Schlafzimmer hätten andere sofort die Polizei gerufen.

Bösingers taten das nicht, sondern fotografierten sie stattdessen nach dem Kaffeetrinken von allen Seiten. Leider gehörte Imke nicht zu der Sorte Senioren, die ihre Eitelkeit schon vor dem Ableben begraben hatten. Im Gegenteil, sie war berüchtigt für ihre engen Jeans und die viel zu knappen T-Shirts in den schrillsten Farben. Außerdem war sie in Herbst und Winter Dauergast im Sonnenstudio, ihre Haut war immer lederbraun gebrannt. Insofern war es ein Albtraum, in der ausgeleierten Jogginghose von Herrn Bösinger und einem christlichen T-Shirt für die Ewigkeit auf digitalen Datenträgern festgehalten zu werden.

«Dürfte ich bitte telefonieren?», fragte Imke nun.

Das Grundrecht jedes Inhaftierten.

«Aber natürlich, liebe Frau Riewerts, Ihre Kommunarden machen sich sicher längst Gedanken, wo Sie stecken.»

Aber Imke hatte nicht vor, ihre WG anzurufen. Um Gottes willen, Ocke und Christa durften das hier nie erfahren! Dann würde Christa sie keine Sekunde mehr aus den Augen lassen, und das wäre ihrer Freundschaft nicht zuträglich.

Womöglich würde sie sogar ihre Geburtstagsfete absagen, und das wollte sie auf gar keinen Fall riskieren. Es gab nur einen, der sie retten konnte, und dessen Nummer hatte sie zum Glück im Kopf.

# 6. Omas Lieblingsretter

Sönkes schwanenweißes Boot wartete in einer einsamen, sandigen Bucht vor den Dünen an der Nordspitze, die sich an dieser Stelle des Strandes hoch auftürmten. Er war nach dem panischen Anruf seiner Oma sofort losgefahren.

Sie hatten so einiges zusammen erlebt, hatten abenteuerliche Reisen in alle Welt unternommen, waren in Hamburger Musik-Clubs gestrandet, und eigentlich hatte er damit gerechnet, dass seine Oma auf ihre ganz alten Tage etwas ruhiger wurde. Aber da hatte er sich wohl getäuscht. Jetzt war es allerdings mehr Tüdeligkeit als Abenteuerlust, die seine Oma in derartige Situationen brachte.

Er schob das Boot in die unruhige Nordsee, sodass es gerade genug Wasser unter dem Boden hatte. Dann half er seiner Oma hinein, was gar nicht so einfach war, denn das leichte Boot kippelte bedenklich hin und her. Oma setzte sich nach vorne auf die Bank, und Sönke startete mit einer Schnur den Außenborder, der sofort ansprang. Die Abgase des Zweitakters mischten sich mit dem salzigen, kühlen Nordseewasser.

Über den Aufzug seiner Oma amüsierte er sich insgeheim: Imke war mit Abstand die eitelste Frau Nordfrieslands (und angrenzender Gebiete), freiwillig hätte sie nie eine ausgeleierte graue Jogginghose und ein T-Shirt mit Fischmotiv angezogen. Das bedeutete für sie die Höchststrafe.

«Es war Wahnsinn, allein durchs Watt zu gehen», rief ihr Sönke gegen den Wind zu, als sie langsam Richtung Föhr lostuckerten.

Oma warf verächtlich den Kopf in den Nacken. «Ich bin es gewohnt, weißt du doch.»

Früher war es ihr wöchentlicher Weg von Föhr zu ihrem Geliebten Johannes gewesen. Aber inzwischen war sie viel zu schwach für eine solche Strecke.

«Und weswegen legst du dich zu wildfremden Leuten ins Bett?»

«Mooment, die Bösingers sind nicht wildfremd! Wir kennen uns von früher, wenn auch nur flüchtig. Deswegen habe ich sie auch zu meiner Geburtstagsfeier eingeladen.»

Das war schlecht gelogen.

«Oma, ich bin nicht blöd.»

«Ist ja gut», lenkte Imke ein. «Aber das mit der Geburtstagsfeier stimmt wirklich. Und sie haben zugesagt.» Verlegen sah sie auf ihre grünen Fußnägel.

«Was war denn das Peinlichste, was *du* je erlebt hast?», fragte sie nach einer Pause.

Sönke überlegte eine Weile, bis es ihm wieder einfiel:

«Lieber nicht.»

«Siehste!»

Damit war das Thema erledigt, und sie schauten schweigend übers Wasser Richtung Föhr. Das heißt, Sönke machte sich schon Sorgen, denn bei dieser Aktion hätte sonst was passieren können. Christa hätte besser auf Oma aufpassen müssen, das war ja wohl klar!

Die Insel Föhr zeigte in der warmen Abendsonne noch einmal alles, was sie zu bieten hatte. Die Deiche leuchteten in einem warmen, satten Grün, das an einigen Stellen von ockergelben Stränden unterbrochen wurde. Der Kirchturm von Nieblum zeigte starr in den blauen Himmel. Über der Godelniederung schwebte ein riesiger dunkler Vogelschwarm auf und nieder, was wie eine gigantische Tanzvorführung wirkte. Sönke hatte es nie bereut, vor zwei Jahren hierher gezogen zu sein, sein früheres Leben in Hamburg erschien ihm so weit weg wie ein anderer Planet. Was natürlich auch an Maria lag, die er letztes Jahr geheiratet hatte. Maria war seine Kusine, sein Onkel Arne hatte sie adoptiert, und früher, wenn Sönke mit seinen Eltern auf Föhr zu Besuch war, hatten sie zusammen im Sand gespielt.

Er musste zugeben, sie war immer noch seine Traumfrau, daran hatte sich nichts geändert. Sie wohnten zusammen in einem kleinen, reetgedeckten Hexenhäuschen in Nieblum, das sie von ihrem Opa geerbt hatten. Mittlerweile arbeitete Sönke bei der Kurverwaltung als Marketingleiter und fühlte sich dort pudelwohl.

Aus dem Augenwinkel sah Sönke, wie Oma sich eine stille Träne wegdrückte.

«In letzter Zeit ging es mir nicht so gut», sagte sie. «Ich habe mich schwach gefühlt und alles Mögliche durcheinandergebracht.»

«Ja.»

Daran gab es nichts zu deuteln.

Sie lächelte ihn an: «Das ist plötzlich weg, als wäre es nie da gewesen.»

«Was soll das heißen?» Sönke sah sie skeptisch an.

«Es ist ein Wunder. Als ich bei den Bösingers aufgewacht bin, war ich wieder fit und klar, wie früher.»

«Vorsicht, Oma.»

«Papperlapapp! Auch wenn das nur eine Phase ist, werde ich sie schamlos ausnutzen. Auf meinem Geburtstag lasse ich es richtig krachen.»

Genau so liebte Sönke seine Oma.

Er ging mit dem Tempo runter und wich gekonnt einer

Sandbank aus, die fast unsichtbar unter knöcheltiefem Wasser lag. Ihm kamen die seltsamen Namen der Seegebiete um Föhr in den Kopf, die er für seinen Motorbootführerschein gelernt hatte: Theeknobsrinne, Nordmannsgrund und Rütergatt.

«Wann werde ich endlich Urgroßmutter?», fragte Oma unvermittelt.

Sönke zog eine Augenbraue hoch. Was war das denn schon wieder?

«Oma, findest du nicht, mein Sexleben ist meine Privatsache?»

Imke schüttelte vehement den Kopf. «Die Folgen davon betreffen auch die Familie.»

«Du hast immerhin vier Kinder und vier Enkel, ist das nicht genug?»

«Nein.»

«Du bist unersättlich.»

«Ja.»

In Utersum machte Sönke das Boot an einer Boje fest. Es würde nur noch Minuten dauern, bis die Anlegestelle trocken fiel und das Boot im Schlick zur Seite kippte. Erst mit auflaufendem Wasser käme es wieder frei. Er hatte den Wagen hier hinter den Dünen geparkt, und natürlich fuhr er seine Oma die paar Kilometer nach Dunsum in ihre WG.

Christa saß im Bikini am Terrassentisch, um ihre schlanken Beine hatte sie einen Sarong geschlungen. Neben ihr saß Ocke in grauem Designerhemd und kurzer Sporthose. Auf dem Tisch standen bestimmt zwanzig Einmachgläser mit Früchten und an die siebzig Weinflaschen. Es roch nach schwerem, hochprozentigem Rum und Weißwein. Christa verteilte die Früchte in vier bauchige Bowletöpfe zu ihren Füßen, während Ocke eine Flasche Wein nach der anderen darüberkippte. Die beiden schienen eine Menge Spaß zu haben, das eine oder andere Glas hatten sie wohl schon gekostet.

Hatten sie sich keine Gedanken gemacht, wo Imke abgeblieben war? Sie irrte einfach so durchs Watt, und ihnen fiel das noch nicht mal auf? Unglücklicherweise hatte seine Oma ihm im Boot hochfeierlich den Schwur abgenommen, in der WG über die Vorkommnisse auf Amrum erst einmal die Klappe zu halten, daran fühlte er sich gebunden.

«Ach, war Imke bei dir?», fragte Christa Sönke beiläufig, als sie sie kommen sah. «Ich dachte schon, ich müsste mir Sorgen machen.»

Das klang in Sönkes Ohren etwas zu locker. Immerhin hatte er, als amtlicher Vormund seiner Oma, Christa zur Pflegerin ernannt. Er würde mit ihr sprechen müssen, denn so etwas durfte sich auf gar keinen Fall wiederholen. Aber jetzt war es besser, das Thema zu wechseln.

«Wer soll das denn alles trinken?», fragte er mit Blick auf die Flaschen.

«Wenn wir uns alle ein bisschen Mühe geben, kriegen wir das schon hin», sagte Ocke achselzuckend.

Sönke schnupperte an einem Einmachglas.

«Waldbeeren», verriet Oma. «Reine Vitamine.»

«Ist das nicht ein bisschen heftig?», Sönke war wie betäubt vom starken Alkoholgeruch.

Seine Oma stemmte empört die Hände in die Hüften.

«Ihr seid alle viel zu vernünftig geworden!», schimpfte sie und nahm sich erst einmal ein Glas Wein. Dann verschwand sie im Haus, um sich umzuziehen.

Sönke sah ihr besorgt nach. Er bekam das ungute Gefühl, dass Omas Fete mit dieser Bowle aus dem Ruder laufen würde.

# 7. Musikanten aus Athen

Imkes Geburtstag begann für Ocke mit der Erfüllung eines heimlichen Traumes: Christa kam barfuß im rosa Pyjama in sein Zimmer gehuscht und setzte sich neben ihn aufs Bett, wo er in seinem hellblauen Lieblingspyjama im Schneidersitz hockte und seine Gitarre stimmte. Von draußen schien die Sonne direkt auf ihn, und ein Westwind heulte ums Haus, der alles mitnahm, was nicht ernsthaft befestigt war. Christas Haare waren noch ganz verwuselt von der Nacht, ihre klaren, blauen Augen strahlten ihn fröhlich an, er roch ihr dezentes Parfüm. Auch er war vorher im Bad gewesen und hatte etwas Amber aufgelegt.

Einen Moment lang war er versucht, alles zu vergessen, was ihn in den letzten Tagen geärgert hatte. Christas Herrenbesuch, das ständige Chaos in der Wohnung, um das sich niemand außer ihm zu scheren schien. Wenn er die WG wirklich auflöste, würde er so einen Moment wie diesen nie mehr erleben ...

«Moin, Ocke, bist du so weit?», wisperte Christa und hielt kichernd ein großes Paket hoch, das in goldenes Geschenkpapier eingeschlagen war.

«Nur noch zu Ende stimmen.» Er fummelte an der Gitarre herum. Christa hatte noch nie auf seinem Bett gesessen, es tat fast weh, so schön war das. Wenn es nach ihm gegangen wäre, hätte er am liebsten mit ihr eine Pyjamaparty bis zum nächsten Morgen gefeiert. Hoffentlich merkte Christa ihm seine Aufregung nicht an.

«Fertig?»

Ocke nickte und folgte ihr mit umgehängter Gitarre zu Imkes Zimmertür. Bevor Christa die Klinke herunterdrückte, schaute sie Ocke fragend an. Der lächelte nur, sie zählte mit den Fingern bis drei, dann stürmten sie ohne anzuklopfen hinein.

Imke schoss im Bett hoch und steckte sich mit der rechten Hand geistesgegenwärtig das Gebiss in den Mund. Danach zeigte sie ihren berühmten koketten Augenaufschlag, als sei nichts passiert. Es war schön, dass sie noch so eitel war, dachte Ocke, das hielt sie am Leben. Er spielte ein kleines Präludium, und Christa tanzte dazu mit dem goldenen Paket in der Hand. So unauffällig wie möglich trocknete sich Imke die Hand an der Bettdecke ab. Sie konnte nicht ahnen, welches Lied jetzt kam, es war auf jeden Fall nicht *Happy Birthday*. Als er mit Christa begann, zweistimmig zu singen, richtete sie sich begeistert im Bett auf.

*Jeden Sonntag kamen sie herüber,*
*Unsre Musikanten aus Athen.*
*Jeden Sonntag waren sie uns lieber*
*Und das können nur wir zwei verstehen.*

*Immer wieder Sonntags kommt die Erinnerung,*
*Ich hör die Bouzuki spielen.*
*Grade so wie in der Sonntag Nacht,*
*Als das Glück uns zwei nach Haus gebracht.*

*Immer wieder Sonntags kommt die Erinnerung*
*Und da sind dieselben Lieder,*

*Die wir hörten in der Sonntag Nacht,*
*Als Du mir das Glück gebracht.*

Nachdem sie fertig waren, riefen sie wie aus einem Mund: «Herzlichen Glückwunsch zum Geburtstag, liebe Imke», warfen sich auf ihr Bett und drückten sie wie wahnsinnig.

«Ja ja, schon gut», quietschte Imke. Und nach einer Pause: «Ich war in letzter Zeit ziemlich vergesslich.» Ihre Augen blitzten listig auf, und sie wiederholte singend: «Aber immer wieder sonntags kommt die Erinnerung!»

«Man fragt sich, warum gerade sonntags», gluckste Christa.

«Wo doch heute Donnerstag ist», sagte Imke. «Und welche Musikanten aus Athen?»

«Vom Text her ist das einer der blödesten Schlager, die ich kenne», lachte Ocke. «Aber bei einer Siebziger-Jahre-Party darf er nicht fehlen.»

«Wenn die jungen Leute meinen, es gäbe heutzutage nur noch schwachsinnige Songs, kann ich nur sagen: Unsere Lieder waren noch schwachsinniger!», rief Imke.

Nun drängten sich Ocke und Christa von beiden Seiten noch näher an Imke heran und überreichten ihr das Paket, das sie sofort auspackte. Als sie sah, was darin war, lief sie rot an: Es war gefüllt mit ungefähr zweihundert duplo-Riegeln!

«Wie kommt ihr gerade auf duplo?», fragte sie mit gespieltem Erstaunen.

Christa und Ocke lachten herzlich.

«Versuch es erst gar nicht», empfahl Christa. «In einer WG gibt es keine Geheimnisse.»

Imke versuchte es trotzdem. «Was für Geheimnisse?»

«Jeder hat ja so sein Abendritual, nicht wahr?», sagte Ocke.

Imke schaute ihn leicht empört an.

«Aber es war keiner dabei, der das bezeugen könnte! Oder habt ihr Kameras in meinem Zimmer installiert?»

«Ja», sagte Christa trocken.

«Eigentlich genügt ein Blick in den Abfalleimer am nächsten Morgen», verriet Ocke und zog aus seiner Pyjamatasche ein wunderschönes blaues Halstuch, das er in einem alten Tuchwarenladen in England bestellt hatte. Das Geschäft kannte er aus seinen Seefahrerzeiten, die Waren wurden dort noch von Hand gefertigt. Mit einem solch geschmackvollen, rührenden Geschenk hatte Imke offenbar gerechnet, sie drückte Ocke fest und bedankte sich überschwänglich. Währenddessen huschte Christa nach nebenan und kam mit einem mondänen, goldenen Morgenmantel wieder, den Imke gleich überzog, um sich im Ganzkörperspiegel neben ihrem kleinen Schreibsekretär zu betrachten.

«Wie eine Filmdiva!», strahlte sie.

Christa zwinkerte ihr zu.

«Unschlagbar!»

Imke nahm Ocke bei der Hand, der tanzte einen kurzen Walzer mit ihr. Der zweite große Glücksmoment an diesem Morgen!

«In dem Aufzug kannst du jeden haben», grinste Christa.

«Na, da bin ich ja beruhigt», Imke verdrehte die Augen. «Als Single ist es ja so was von öde!»

Plötzlich gefror Ockes Lächeln. Ohne es zu ahnen, hatte Imke ausgesprochen, was sein Leben seit Jahren bestimmte. Wobei es ihm eigentlich nie etwas ausgemacht hatte, Single zu sein, man gewöhnte sich daran.

Bis jetzt.

Besser, Christa wäre niemals hier eingezogen, dann wäre alles weiter in ruhigen Bahnen verlaufen. Aber wie hätte er ahnen können, dass ihm so etwas in seinem Leben noch mal passierte?

«Wie sieht es aus mit Frühstück?», fragte Imke unternehmungslustig.

«Was soll es denn sein?», fragte Christa zurück.

Offenbar ahnte keine der beiden etwas von seinen dunklen Gedanken, und das war auch gut so.

«English breakfast, please», bestellte Imke.

Christa nickte Ocke zu. «Das ist dein Part.»

Ocke wusste, dass Christa als Vegetarierin von einem englischen Frühstück höchstens das Rührei und die roten Bohnen aß. Aber Imke liebte nun mal Speck und Würstchen. Es war nicht gerade das, was ihr Hausarzt empfahl, aber sonntags brutzelte Ocke es häufig für sie und sich. Und natürlich an einem Donnerstag – wenn es zufällig ihr Geburtstag war.

Fort mit den Sorgen, jetzt kam der nette Teil des Tages! Der Abend hingegen würde grausam für ihn werden. Denn Christas Lover würde es sich bestimmt nicht nehmen lassen, zur Fete zu kommen.

# 8. Rum-Aroma

Das englische Frühstück wurde mit allem Pipapo unter blauem Himmel und bei Sonnenschein zelebriert, anschließend machten sich die drei WG-Bewohner an die Arbeit. Bis zum Abend gab es schließlich noch eine Menge zu tun. Es wurden Tische aufgebaut, Gläser bereitgestellt und alle Räume noch einmal ausgefegt. Überwiegend wirbelten natürlich Christa und Ocke herum, aber auch Imke tat, was sie konnte. Zum Glück wurde das Buffet geliefert, sodass sie sich darum nicht auch noch kümmern mussten.

Am frühen Nachmittag waren sie fertig. Für Ocke war das der Moment, an dem der Countdown zu seinem Unglück begann. Seine Angst vor der Feier verwandelte sich in Panik. Alles, was an diesem Morgen so schön mit Christa gewesen war, würde heute Abend dahin sein. Vor seinem inneren Auge sah er sie mit ihrem Lover eng zusammen tanzen. Ein öliger Gigolo mit Sonnenbankbräune, den Christa mit Zunge küsste! Der Ölige flüsterte ihr etwas ins Ohr, worüber sie strahlend lachte – so, wie sie heute ihn, Ocke, angestrahlt hatte.

Wie sollte er das aushalten?

Einfach weggucken? Sich betrinken?

Ocke fühlte sich wie ein Tier in einem viel zu engen Käfig. Er ging unter die Dusche, zog sich eine graue Hose und ein schwarzes Hemd sowie schwarze Schuhe an. Als Christa und Imke ihr persönliches Aufhübsch-Programm für den Abend starteten, verabschiedete er sich hastig.

«Du willst noch weg, Ocke?», staunte Christa. Sie sah leicht abgekämpft und verschwitzt vom Aufräumen aus – und noch schöner als sonst. Als wollte ihm das Schicksal noch einmal mit aller Kraft vor Augen führen, was er nicht haben konnte.

«Leider, ich habe noch einen wichtigen Kunden», behauptete er und verließ dann das Haus.

Natürlich war das gelogen. Sein Weg führte ihn direkt zum Wyker Hafen, wo er sich ein Ticket kaufte und sich dann auf dem Vorplatz zur Fähre in Spur vier einreihte. Neben ihm warteten Urlauber mit voll gepackten Familienkombis und Vans auf die Abfahrt. Sie waren voller Wehmut, weil sie ihre Urlaubsinsel wieder verlassen mussten. Zumal am blauen Himmel immer noch keine Wolke zu sehen war und der heftige Wind ganz Föhr zum Tanzen brachte.

Ocke war das egal.

In einer Dreiviertelstunde befand er sich auf dem Festland, wo er sicher vor Christas Lover war. Allein der Gedanke daran war eine Erleichterung. Es gab keinen Plan, nur eine Richtung: so weit weg von der Feier wie möglich!

Hinnerk, der Braungebrannte von der Reederei mit der weißen Mütze, winkte Ocke als Ersten an Bord, Einheimische wurden immer vorgelassen. Als Ocke den Zündschlüssel umdrehte, schoss sein Blutdruck in die Höhe. Jetzt wurde der Gedanke zur Tat: Die Party würde ohne ihn stattfinden.

Konnte er das wirklich bringen?

Wie sollte er Imke das erklären?

Nicht *eine* gute Ausrede fiel ihm ein, das war das Schlimmste, und Imke wurde nur einmal achtundsiebzig.

Nein, das hatte sie nicht verdient.

Er rief Hinnerk durch die geöffnete Scheibe etwas zu, was der nicht verstand, legte den Rückwärtsgang ein, und kurze Zeit später fuhr er über die Traumstraße hinter Nieblum in die Witsumer Marsch – eine weite grüne Fläche, die von keinem Deich begrenzt wurde. Über die See hinweg blickte man auf den Leuchtturm von Nebel auf Amrum. Ocke fuhr bis ans Wasser, wo schwere Wogen gegen den Strand schlugen, dann hielt er an. Eigentlich sollte er jetzt hier mit Christa sitzen und seinen Arm um sie legen.

Reine Phantasie.

Ocke kurbelte sämtliche Fenster im Wagen runter, damit der starke Wind hindurchgehen konnte. Es bildeten sich wilde Turbulenzen, die das Auto zum Vibrieren brachten. Im Radio vernahm er, dass vor Sylt ein Segelboot im starken Wind gekentert war. Wäre nicht alles einfacher, er wäre an Bord dieses Bootes gewesen? Eine bessere Ausrede, nicht zu feiern, konnte es gar nicht geben – natürlich nur, wenn er gerettet würde, das sollte schon sichergestellt sein …

Regungslos blieb er im Wagen sitzen und versuchte, an gar nichts zu denken.

Sinnlos, Christa ließ sich nicht vertreiben.

Eine Stunde später fuhr er nach Nieblum zurück, drehte aber schnell wieder um: zu viele Menschen.

Schließlich landete er auf einem schmalen Wirtschaftsweg, der zur Kurklinik in Utersum führte. Zwei blond gefärbte Frauen wanderten vor ihm auf der Straße, beide in knielangen Hosen. Die eine trug einen figurbetonten dunkelroten Pullover, die andere ein weißes T-Shirt. Sie mussten sich leicht nach vorne beugen, um gegen den Wind anzukommen, abgesehen davon schienen ihre Korksandalen mit den hohen Absätzen zum Wandern nicht besonders geeignet. Ocke beschloss, nicht zu überholen, denn er hatte es ja nicht eilig. Als die Frauen ihn bemerkten, sprangen sie zur Seite, um ihn vorbeizulassen. Er hielt jedoch direkt neben ihnen. Zwei stark geschminkte Augenpaare starrten ihn neugierig an, Ocke schätzte sie auf Mitte vierzig. Der rote Pullover der einen bot einen großzügigen Blick auf ein mächtiges Dekolleté, auf dem weißen T-Shirt der anderen stand in lila Schrift: «Selbst die Nostalgie war früher besser.»

Was hervorragend zu seiner morbiden Stimmung passte.

«Kann ich euch mitnehmen?», erkundigte sich Ocke.

«Ohne Moos nichts los», bedauerte die mit dem roten Pullover und lachte. Ihre blondierten Haare flogen im Wind nach allen Seiten. Sie trug für Ockes Geschmack zu viel grünen Lidschatten. Ihre Begleiterin sah aus wie ihre gleichaltrige Schwester, nur mit blauem Lidschatten.

«Heute ist euer Siegertag», sagte Ocke. «Ihr bekommt 'ne Freifahrt, wohin ihr wollt.»

«Echt?»

Sie stiegen hinten ein.

«Wo soll's denn hingehen?», fragte Ocke

Die beiden sangen sofort laut los: «Mit einem Taxi nach Paris, nur für einen Tag …»

«Wo da genau?»

«Champs-Élysées.»

«Geit klor.»

In seiner Lage wäre er liebend gerne nach Paris gefahren. So eine Tour bekommt man nur einmal im Leben, außerdem wäre das wirklich eine plausible Ausrede gewesen.

«Wo wohnt ihr auf Föhr?», er sah in den Rückspiegel.

«In der Kurklinik», antwortete die eine

Ihre Freundin erklärte grölend: «Aber heute haben wir Freiiiiiigang.»

Offensichtlich hatten sie den «Freiiiiiigang» schon etwas begossen. Plötzlich kam Ocke eine Idee.

«Hättet ihr spontan Lust auf 'ne echte Insulanerparty?»

«Wie läuft das denn so bei euch Eingeborenen?»
«Ganz normal, mit Lagerfeuer und Menschenopfern.»
«Gebongt.»
«Super!», Ocke lächelte still in sich hinein. Jetzt hatte er zumindest eine Art Schutzschild gegen Christa. Manchmal konnte das Leben so gnädig sein.

Als sie zehn Minuten später auf das WG-Haus in Dunsum zufuhren, krampfte sich sein Magen zusammen. Der Friesenwimpel über dem Haus stand so gerade in der steifen Brise, als sei er aus Holz, das sah nach einer typischen Föhrer Gartenparty aus. Die Gäste würden sich beim Sprechen und Tanzen immer gegen den Wind stemmen müssen, lange Haare sollten gut zusammengebunden sein. Ocke zoomte, noch immer im Wagen, jeden Winkel ab, den er einsehen konnte: Wo war Christa?

Und noch wichtiger: *Wo war ihr Kerl?*

Auf dem Tisch neben dem Eingang standen die vier riesigen Bowletöpfe und zahlreiche Gläser, die leicht im Wind schepperten. Imke hockte auf einem Klappstuhl daneben und empfing ihre Gäste. Sie war in ihre weiße Siebziger-Jahre-Jeans gestiegen, die etwas zu weit war, weil sie in letzter Zeit stark abgenommen hatte. Ihr Untergewicht wurde zum Glück durch ihren strahlenden Teint überspielt. Ihre Bluse, wie immer in ihrer Lieblingsfarbe so-bunt-wie-möglich, blähte der Wind zwischendurch auf, als sei sie schwanger oder dick, was sehr lustig aussah.

Ocke blieb das Herz stehen.

Christa kam aus dem Haus, in einem schlichten weißen ärmellosen Kleid. Um ihren schmalen Hals schmiegte sich eine Kette aus mattem Gold. Christa leuchtete geradezu, was nicht nur an ihrer Kleidung, sondern vor allem an ihrem grandiosen Lächeln lag. Niemand hätte vermutet, dass ein breitschultriger Maschinist wie er es kaum schaffte, die Bremse in seinem Wagen zu finden, weil die Frau seiner Träume ein paar Meter von ihm entfernt stand. Es war lächerlich, aber ändern konnte er es auch nicht. Wenigstens war Christa in diesem Moment allein. Aber das hieß noch nichts, vielleicht holte sich ihr Freund gerade etwas zu essen aus der Küche, wo das Buffet aufgebaut war.

Die beiden Blondinen pulten sich kreischend vor Lachen aus dem Wagen und hakten sich links und rechts bei Ocke ein, gemeinsam staksten sie etwas ungelenk zum Haus. Imke freute sich sichtlich über die gackernden Weiber, die Stimmung in die Bude bringen würden, während Christa Ocke neugierig entgegengrinste. Er lief puterrot an. Auch wenn er bei Christa keine Chance hatte, merkte er plötzlich, wie peinlich es war, was er hier veranstaltete.

Zu spät, aus der Nummer kam er nicht mehr raus.

«Ich bin die Carla», grüßte die mit dem weißen Motto-T-Shirt. «Herzlichen Glückwunsch.»

Imke bedankte sich artig und reichte ihr ein großes Glas Bowle mit extra vielen Früchten.

«Willkommen in der Lebensgemeinschaft ‹Seelenfrieden›!»

Christa lachte laut los, während Ocke die Gesichtszüge entglitten: Wie kam Imke dazu, ihrer WG diesen bescheuerten Namen zu geben? «Seelenfrieden» hießen Kleingartenvereine und Seniorenheime, was sollten die beiden Ladys von ihm denken? So alt war er nun auch noch nicht!

«Der sexy Taxifahrer hat uns eingeladen», erklärte die mit dem weiten Ausschnitt fröhlich. Sie drehte sich zu Ocke. «Wie heißt du eigentlich, Schätzchen?»

*Schätzchen?*

«Ocke.»

«Ich bin die Tamara aus Bottrop.»

«Moin, Tamara», Imke reichte auch ihr ein Begrüßungsglas. Als Christa sich vorstellte, mied Ocke ihren Blick.

«Otto, zeig uns doch mal dein Zimmer», hauchte Carla.

«Ocke», verbesserte er sie.

«Du bist süß, Otto», stellte Tamara fest und musste grundlos kichern.

Christa schaute Ocke amüsiert an, der froh war, dass jetzt Imkes Lieblingsenkel Sönke mit seiner Frau Maria auftauchte.

Maria sah klasse aus, sie trug eine ihrer dunkelblauen Marlene-Dietrich-Hosen, die sie selbst schneiderte, dazu ein schwarzes T-Shirt, was hervorragend zu ihren braunen Augen und den langen dunklen Haaren passte. Maria war Polizistin auf der Insel. Jetzt näherte sich ihr Vater, Imkes ältester Sohn Arne. Sein blond gefärbtes Haupthaar war seit seinem fünfzigsten Geburtstag vor sechs Jahren deutlich spärlicher geworden. Es folgten ein mondgesichtiges Paar, das Ocke noch nie gesehen hatte, und einige Leute von der Insel. Arne hatte in seinem Uralt-VW-Bus eine kleine Anlage mit Verstärker und Mikrophon mitgebracht, die Ocke nun mit ihm im Garten aufzubauen begann. Dann ging Ocke in sein Zimmer, um seine Gitarre zu holen, und sie konnten loslegen.

Arne hatte praktisch sein Leben lang am Strand gelebt, er war einer der ersten Surfer auf Föhr gewesen, später dann Surflehrer und jetzt Strandkorbvermieter. Für einen coolen Hippie wie ihn war es selbstverständlich, immer eine Gitarre dabei zu haben. Er hatte ein festes Repertoire von ungefähr dreißig Songs, die er bei jeder Gelegenheit zum Besten gab, seit etwa vierzig Jahren. Die ständigen Wiederholungen hatten Arne nie genervt, er nahm sie wie den Sonnenuntergang, der ja auch immer wieder schön war.

Er fing mit *Blowing in the wind* an, dann folgten *Country Road* und *Give Peace a Chance*. Ocke begleitete ihn dezent und verlässlich auf seiner E-Gitarre. Er fand, dass Arne tatsächlich eine wunderschöne warme Stimme hatte. Wenn er wollte, konnte er die Töne richtig schluchzen wie ein echter Schlagersänger. Teilweise sang er mit geschlossenen Augen, als überwältige ihn die Musik spontan. Da hätte er beruflich richtig was draus machen können.

Mit dem Instrument in der Hand fühlte Ocke sich sicher, vor allem jetzt, da Christa – immer noch ohne Begleitung – mit einem Glas in der Hand im Publikum stand und ihn wohlwollend anlächelte. Obwohl Arnes Lieder hierzu nicht gerade geeignet waren, zogen sich Carla und Tamara die Korksandalen aus und begannen, barfuß zu tanzen. Der Mann mit dem Mondgesicht sprang wie eine Flipperkugel zwischen den beiden hin und her. Nach einer Weile warf er sein hellgraues Anzugjackett lässig auf den Rasen, darunter trug er ein blau-weiß geringeltes T-Shirt, das seinen runden Bauch noch betonte – mutig! Ocke konzentrierte sich aufs Gitarrespiel, so gut es ging. Komischerweise hatte ihn sein Schöpfer mit einem kräftigen Körper, aber sehr langen, schmalen Fingern ausgestattet. Fast zu fein für einen Mechaniker, würde man meinen, aber diese Finger hatten ihm im Maschinenraum oft geholfen, jede auch noch so verwinkelte Schraube hinter sperrigen Rohren herauszufummeln, und zum Gitarrespielen waren sie perfekt.

Als sie den alten Cat-Stevens-Titel *Morning has broken* zu Ende gespielt hatten, bat Arne um eine Pause. Er wollte sich noch ein Glas Bowle holen, obwohl er schon vorher gut dabei gewesen war.

Ocke blieb etwas unbeholfen auf seinem Platz sitzen. Ihm war nicht nach Alkohol zumute. Er fürchtete jeden Moment, dass Christas Lover auftauchte und seine behaarten Affenarme um sie schlang. Wenn die beiden vor ihm stehen würden, rechnete er ernsthaft damit umzukippen.

«Super, so eine Elektrogitarre», rief ihm der Mann mit dem Mondgesicht zu.

«Spielen Sie auch?», fragte Ocke, froh über die Ablenkung.

«Ein bisschen.»

«Wollen Sie?»

Das Gesicht des Mannes leuchtete auf. «Gerne! Ich bin übrigens Dr. Bösinger, ich habe mich auf Amrum um Imke Riewerts gekümmert.»

Ocke fragte nicht nach, wie er das meinte. Er schnallte die Gitarre ab und hängte sie Herrn Bösinger um, wobei er noch ordentlich am Gurt zuppeln musste, bis der passte. Da der Mann um einiges kleiner war als er, musste auch der Mikrophonständer tiefer gestellt werden.

Offenbar liebte der Mondgesichtige christliche Popmusik. Er begann mit *Herr, deine Liebe ist wie Gras und Ufer.* Die Töne schmierten ihm immer leicht ab, was er nicht zu merken schien. Unbeirrt kündigte er den nächsten Song an, womit er gleichzeitig den Missionsauftrag der Bibel wahrnahm:

«Das nächste Lied erzählt von der Güte Gottes, es ist ein fröhliches Lied. Denn Jesus hat eine gute Nachricht für uns alle: Er ist gekommen, um uns von der Sünde zu befreien.»

Inzwischen war es dunkel geworden. Der Wind fegte jede Serviette weg, die nicht festgehalten wurde, und formte Frisuren so, wie es ihm gerade gefiel. Versuche, überflüssige Körperrundungen mit weit geschnittenen Hemden zu kaschieren, wurden erbarmungslos zunichtegemacht, weil der Wind die Stoffe eng an die Körper wehte. Zum Glück war die Luft nicht kalt. Die Bowle wurde schnell hinuntergekippt, sie schmeckte fruchtig und frisch, und die Gäste hatten Durst, deshalb tranken sie gleich noch ein Glas hinterher.

Ocke, den Herr Bösingers Gesang zu nerven begann,

wühlte sich durch die Gästeschar, die auf schätzungsweise hundert angewachsen war und sich rund ums Haus verteilte. Bei seinem letzten Zahnarztbesuch hatte er im Wartezimmer in einer Zeitschrift etwas von der sogenannten Konfrontationstherapie gelesen. Eigentlich hielt er so etwas für Psycho-Quatsch, aber mit einem Mal schien es ihm gar nicht so unbrauchbar: Man schickte Menschen dorthin, wo genau sie sich am meisten fürchteten, also Leute mit Flugangst ins Flugzeug, Leute mit Höhenangst auf einen hohen Berg. Dort redete man mit ihnen und baute ihre Beklemmungen nach und nach ab.

Vielleicht half das ja auch ihm.

Denn ohne Zweifel war er schwerer Christa-und-ihr-Lover-Phobiker. Was war also hilfreicher, als sich ihnen direkt auszusetzen? Und zwar jetzt, sofort.

Leider war Christa nirgends zu sehen.

Imke saß immer noch am Eingang auf der anderen Seite des Hauses und war voll und ganz mit dem Bowleausschank beschäftigt.

«Die ist aber stark», beschwerte sich die mondgesichtige Begleitung von Herrn Bösinger, vermutlich seine Frau. Sie wirkte so, als sei sie Alkohol nicht gewöhnt.

«Das ist nur Rumgeschmack mit Gewürzen», verriet ihr Ocke im Vorbeigehen. «Da ist kaum was drin.»

Imke zwinkerte ihm verschwörerisch zu. Beim Einwecken vor zwei Jahren hatte sie die Früchte in puren fünfzigprozentigen Rum gelegt, wo sie seitdem nichts anders getan hatten, als sich restlos mit Alkohol voll zu saugen.

«Hast du Christa gesehen?», fragte Ocke.

Auf der anderen Hausseite ließ es Herr Bösinger nun richtig krachen: *Go, tell it on the Mountains, that Jesus is everywhere ...*

Imke schüttelte den Kopf: «Nee, schon lange nicht mehr.»

Hatte sie sich etwa mit dem Kerl in ihr Zimmer zurückgezogen?

Und dann entdeckte er Christa, sie kam vom Deich direkt auf das Haus zu. Ihr Gesicht war in der Dunkelheit nur undeutlich zu erkennen, aber ihr weißes Kleid leuchtete ihm entgegen. Offenbar hatte sie sich kurz die Beine vertreten. Neben ihr ging ein Mann, der ein Fahrrad schob: Das musste er sein.

Ein ganzer Chor von Stimmen in Ockes Kopf schrie: «Tu es nicht!» Er rang nach Luft und ging mit großen Schritten auf das Paar zu.

## 9. Engtanz

Ocke hatte sich geirrt. Der Mann neben Christa war der bärtige Vogelwart Markus Clausen, der in dem Föhrer Chor namens «Seevögel» sang und über den Christa sich gerne wegen seines übertriebenen Öko-Gehabes lustig machte. Dass er die Vogelkoje in Oldsum betreute und die Vögel in der Godelniederung zählte, fand Ocke durchaus lobenswert – ohne Sandregenpfeifer, Kiebitze und Sturmmöwen wäre Föhr nicht Föhr. Aber musste man deswegen zwanghaft die grünen Tonnen der Insulaner nach Plastikresten durchsuchen und den Sündern penetrant mit Bußgeldern drohen?

Markus schob sein teures, auf alt gemachtes Manufactum-Rad neben sich her und trug seinen üblichen Aufzug: Cargohose und kariertes Öko-Hemd, Wanderschuhe. *Der* war mit Sicherheit nicht ihr Lover. Als Ocke ihnen entgegenkam, sah Christa ihn erfreut an.

«Ocke, gut dass du kommst ...!»

Als er das hörte, hätte Ocke vor Freude am liebsten auf der Straße getanzt. Spontan lud er Markus auf ein Glas ein, doch der war gar nicht in Feierstimmung.

«Das geht *gar* nicht!», greinte Markus gegen den Wind.

Ocke lachte.

«Was geht nicht?»

«Hier ist ein Biosphärenreservat, die Tiere brauchen Ruhe.» Markus' braune Augen funkelten bedrohlich.

«Komm, Imke wird nur einmal achtundsiebzig.»

Inzwischen hörte sich Bösingers Musik an wie die *Einstürzenden Neubauten*, und zwar im wörtlichen Sinn.

«Es ist wohl einer ihrer letzten Geburtstage», ergänzte Christa.

Markus verzog das Gesicht, als hätte er gerade in eine Zitrone gebissen. «Dann sollte ihr die Natur nicht egal sein, schon wegen der kommenden Generationen.» Er konnte ein furchtbarer Prinzipienreiter sein.

«Es gibt manchmal auch Ausnahmen, Markus», sagte Ocke und gab ihm einen aufmunternden Klaps auf den Oberarm.

«Nicht für die Tiere.»

«Willst du Imke nicht wenigstens gratulieren?» Ocke wollte in diesem Moment wirklich nicht über den Zustand des Planeten diskutieren.

«Erst, wenn ihr die Musik runterdreht.»

Kaum zu glauben, dass Markus mit Abstand der beste Elvis-Imitator der nordfriesischen Inseln war und damit sogar Geld verdiente. Das bekam man einfach nicht zusammen.

«Nun sei mal nicht so spießig, dann pennen die Piepmätze morgen halt etwas länger aus», sagte Ocke.

Christa lachte herzlich.

Doch das war für Markus offenbar die vollkommen falsche Ansage.

«Ihr findet das wohl auch noch witzig, oder was? Ich rufe jetzt die Polizei.»

Ocke und Christa sahen sich an. Es hatte keinen Zweck mehr.

Was Markus auch fand.

Wortlos schwang er sich auf sein Edelfahrrad und zückte nach ein paar Metern sein Handy.

Bösinger tobte sich inzwischen immer mehr aus, schrie Obszönitäten durchs Mikro und veranstaltete mit der Gitarre maximalen Krach. Vielleicht sollte man ihn wirklich abstellen, dachte Ocke, aber er hatte keine Lust, sich mit dem Mondgesicht anzulegen. Gemeinsam mit Christa ging er zurück zum Haus.

Es gab auch ansonsten erste Verfallserscheinungen. Arne zum Beispiel knutschte im Vorgarten wild mit Tamara aus Bottrop rum, was an sich vielleicht nicht bemerkenswert gewesen wäre – wenn sich der Körperkontakt auf die beiden beschränkt hätte. Dem war aber nicht so. Denn hinter Arne saß Frau Bösinger, den Kopf an seinen Rücken gelehnt, die Hand an seinem Nacken, während ein stetiger Speichelfaden aus ihrem halb geöffneten Mund rann. Offenbar war sie in dieser Position eingenickt. Arne schien nicht mal zu bemerken, dass nicht alle Arme, die ihn berührten, zu Tamara gehörten.

«Lass uns reingehen», schlug Ocke vor und schlenderte mit Christa zurück ins Haus. Im Gemeinschaftszimmer kam ihnen Musik aus den Achtzigern entgegen. Das war *die* Gelegenheit! Aber anstatt Christa lässig auf die Tanzfläche zu ziehen, verdrückte er sich erst mal ins Bad und setzte sich auf die Klobrille.

Er musste sich erst einmal sammeln.

Ihr Typ war offenbar nicht gekommen. Was bedeutete das?

Sollte er es jetzt wagen?

Seltsame Gedanken jagten ihm durch den Kopf. Die Ergebnisse einer wissenschaftlichen Studie zum Beispiel, laut derer Schauspieler ab dreizehn TV-Auftritten pro Jahr im Fernsehen bekannt wurden. Gab es so etwas vielleicht auch in der Liebe? Dreizehn Berührungen, dann war Christa an seiner Seite? Konnte doch sein, oder? Er wusste gar nichts mehr, aber wahrscheinlich war ohnehin alles sinnlos, wenn Christa einen anderen hatte. Das Bad zu blockieren, brachte ihn allerdings auch nicht weiter. Also erhob er sich, schlich in den Tanzraum und machte das, was er immer getan hatte, wenn er in einer Disco war: dumm in der Ecke rumstehen.

Da gab es ein Paar, das wild miteinander tanzte und förmlich füreinander brannte: Sönke und Maria. Marias Haare wirbelten durch die Luft, und Sönke hob sie zwischendurch an der Hüfte fast hoch bis zur Decke. Daneben tanzte Christa genauso wild mit Regina, der jüngsten Tochter von Imke, da wollte er sich nicht dazwischendrängen. Christas Bewegungen waren geschmeidig und elegant und wirkten ganz natürlich. Wie gern wäre er an Reginas Stelle gewesen.

Das wurde hier nichts mehr mit ihm, so viel war klar. Er ging in Richtung Tür. Seinen Platz sah er ab jetzt neben dem Bowletopf. Doch irgendjemand hielt ihn entschlossen am Arm fest. Er drehte sich um.

Christa.

«Tanzt du mit mir?», fragte sie leise.

Ocke reagierte wie ein Vollidiot.

«Ich wollte mich gerade ...»

... *mit Bowle volllaufen lassen?*

Christa wartete nicht darauf, bis er fertig gesprochen hatte, sondern zog ihn einfach mit auf die Tanzfläche. Ocke fühlte sich etwas befangen neben einer so tollen Tänzerin, aber er wusste, er musste jetzt sein Bestes geben. Dann kam ein langsamer Titel, *Angie* von den Rolling Stones. Ocke bekam einen trockenen Mund. Und nun? Was würde Christa tun? Sich entschuldigen und hinausgehen? Er hatte den Gedanken noch nicht zu Ende gedacht, da lag sie schon in seinen Armen, und sie tanzten eng. Ocke schmiegte sich vorsichtig an Christas Körper, sie hielt ihre Wange an seine.

Er roch sie, und sie roch wunderbar.

Ihm wurde heiß und heißer.

Sehr uncool.

Plötzlich rückte Christa weg – hatte er etwas falsch gemacht?

«Dein Bart kratzt», lachte sie und zog ihn wieder zu sich hin.

Ocke schloss die Augen.

Er befand sich in einem unendlichen Raum. An einem Ort, der nicht mehr mit dem Verstand zu erfassen war.

Dann schaltete jemand das gleißende Deckenlicht an. Die Musik ging aus, was auf der Tanzfläche heftigen Protest auslöste. Alle kniffen die Augen zusammen und schrieen durcheinander: «Hey, was soll das?»

«Die Party ist vorbei!», kündigte eine schneidende Männerstimme an.

Ocke öffnete die Augen und konnte es kaum glauben: Mehrere uniformierte Polizisten standen im Raum, unter ihnen Revierleiter Gerald Brockstedt. Markus Clausen hatte tatsächlich die Polizei gerufen! Jetzt kam Brockstedt direkt auf ihn und Christa zu. Vorsichtig löste sie sich von ihm.

«Ocke, was ist hier los?», fragte der Polizist.

«Nach was sieht das denn aus?», schnaubte Ocke.

«Die Situation in Haus und Garten ist völlig aus dem Ruder gelaufen. Wir sind in mehreren Räumen und auf dem Flur stark alkoholisierten Personen begegnet, die entweder heftig pöbeln oder die Beamten zum Tanzen auffordern. Es ist das pure Chaos.»

Ocke verstand gar nichts. In Gedanken hielt er immer noch Christa im Arm, alles andere interessierte ihn nicht. Aus dem Garten waren schreiende Männer und Schläge zu vernehmen. Christa rannte nach draußen, während Ocke wie gelähmt auf der Tanzfläche stehen blieb. Plötzlich kam der Vermieter des Hauses, Stefan Petersen, auf ihn zu, ein braungebrannter Endvierziger mit welligem, dunklem Haar und einem Knick in der dünnen, langen Nase – was wollte der denn hier?

«Moin, Herr Hansen, bei euch geht's ja ab!», begrüßte Petersen ihn leicht amüsiert.

«Ist was mit dem Haus?», stotterte Ocke.

Petersen lachte.

«Nee, die Inselpolizei hat mich gerufen. Ich soll Blutproben bei den Randalierern nehmen.» Petersen war Arzt auf der Insel.

«Was? Wer hat randaliert?»

«Keine Ahnung, der Typ wird gerade draußen gefesselt. Und Arne Riewerts haben sie in Dunsum auf der Hauptstraße gefunden. Der ist voll auf die Beamten losgegangen. Na ja, ich gehe mir erst mal die Hände waschen.»

In dem Moment schoss Christa um die Ecke.

Und küsste Petersen auf den Mund.

Ocke starrte die beiden entsetzt an. Christas Lover war Dr. med. Stefan Petersen, ihr Vermieter?

Das war das Ende ihrer WG.

Und sein Ende auf Föhr.

Und zwar endgültig.

# 10. Katerfrühstück

Am nächsten Morgen schlenderte Imke in ihrem neuen Morgenmantel auf die Terrasse. Sie war ausgeschlafen, weil sie vor Mitternacht ins Bett gegangen war und sich Ohropax in die Ohren gesteckt hatte. Feiern konnten die Gäste auch ohne sie, und nun war sie gespannt auf den Tratsch, den es nach jeder Party gab: wie lange es gegangen war, wer mit wem getanzt hatte und so weiter.

Sie schaute hoch in den Himmel. Im Norden plusterte sich eine mächtige Quellwolke auf und quetschte sich vor die Sonne wie ein riesiges Tier, dem man nicht ausweichen konnte. Imke schloss die Augen. Die kühle Luft legte sich wie Aloe Vera auf ihre Gesichtshaut, das milderte ihre Melancholie ein wenig. Da freute man sich monatelang auf den Geburtstag, und zack, war er schon wieder vorbei. Sie ließ ihre Lieben in Gedanken noch einmal an sich vorbeiziehen. Freunde und Verwandte hatten sie gefeiert wie eine Königin.

Verträumt setzte sie sich an den Terrassentisch, wo Christas tragbarer DVD-Player stand. Imke nahm ihre randlose Lesebrille aus der Tasche des Morgenmantels und setzte sie auf. Sönke hatte ihr gestern eine Geburtstagsrede gehalten, die Regina netterweise aufgenommen hatte. So lange die anderen noch schliefen, konnte sie sie sich ansehen. Insgeheim war sie stolz, dass sie wusste, welche Knöpfe zu drücken waren: erst «On», dann «Auswählen» und schließlich «Play».

Sönke erschien auf dem kleinen Bildschirm. Ihr geliebter Enkel! In der letzten Zeit war er sichtbar älter geworden, immerhin war er nun schon siebenunddreißig Jahre alt, und das Jugendliche war in seinem Gesicht nur noch zu erahnen. Aber das Alter stand ihm gut. Seine neue Brille war zwar schick, aber bis vor kurzem hatte er noch keine gebraucht. Sönke strahlte sie an, wie er da vor der Musikanlage stand und das Mikro übernahm. Es ging ihr durch und durch.

«Oma, ich weiß, du magst solche Reden nicht. Trotzdem möchte ich dich daran erinnern, dass du auf der Berlinale echten Hollywoodstars wie Brad Pitt die Hand geschüttelt hast, du hast Kunstführungen veranstaltet, obwohl du null Ahnung von den ausgestellten Werken hattest, und auf einer Vernissage musste ich deinen Lover spielen, weil du einen Skandal provozieren wolltest – richtig?»

Jetzt kam sie ins Bild. Sie legte den Kopf etwas verlegen zur Seite. Ihr eigener Anblick war ihr fremd, vergeblich suchte sie das siebzehnjährige Mädchen, das sich stundenlang im Spiegel betrachtete und sich fragte, was wohl aus ihrem Leben einmal werden würde. Stattdessen sah sie eine alte Frau, und das entsprach so gar nicht ihrem Selbstbild. Nicht, weil sie ihr Alter verdrängen wollte, sondern weil sie noch so genau wusste, was das Mädchen Imke damals gedacht und gefühlt hatte.

Und trotzdem ging ihr Leben jetzt langsam zu Ende – konnte man das begreifen? Das sollte es gewesen sein? Andererseits, wenn wirklich nicht mehr viel käme, dann konnte sie sich glücklich schätzen, denn eigentlich ließ sich ihr Glück kaum noch steigern.

«Oma, du warst immer etwas abgehoben, das kannst du nicht bestreiten», fuhr Sönke fort. Der Bildschirm zeigte ihr gespielt beleidigtes Gesicht.

«Ich bin immerhin die Tochter eines ehrbaren Wyker Kaufmanns», protestierte sie.

Sönke grinste.

«Dann ist der Apfel weit vom Stamm gefallen. Nur auf Föhr hast du dich immer zusammengerissen, einigermaßen jedenfalls.»

«Ganz genau!»

«Das soll sich nun ändern. Du sollst endlich auch mal hier abheben.» Sönke zückte einen Briefumschlag. «Deswegen schenken wir dir einen Rundflug über Föhr und das Wattenmeer.»

Sie klatschte begeistert in die Hände, die Kamera fuhr ins Publikum, alle applaudierten mit. Sönke gab seiner Oma einen dicken Kuss.

«Super Idee!», rief sie, dann brach der Film ab.

Sie war immer noch gerührt. Zuerst hatte sie vermutet, dass der Rundflug Sönkes Idee gewesen war, aber er hatte ihr verraten, dass Regina die Sache eingefädelt hatte. Ausgerechnet ihre Jüngste, mit der sie sich nicht besonders verstand, erinnerte sich an ihren heimlichen Traum! Imke war Zeit ihres Lebens eine Freundin der Vögel auf der Insel gewesen, sie liebte die Austernfischer und Schilfrohrsänger, voller Ehrfurcht beobachtete sie, wie sie sich über dem Wattenmeer scheinbar mühelos und spielerisch treiben ließen. Vor Jahren hatte sie sogar eine verletzte Mönchsgrasmücke in ihrem Wohnzimmer durch den Winter gebracht. Regina hatte sich mit Sicherheit an die Geschichte erinnert, denn sie hatte bei der Fütterung geholfen. Und nun schenkte sie ihrer Mutter die Gelegenheit, ihre Heimat aus der Perspektive eines Vogels zu sehen! Das erste Mal seit Jahren hatten sich Mutter und Tochter mit feuchten Augen in den Armen gelegen. Und *das* war für sie das schönste Geschenk des Abends gewesen. Sie konnte stolz auf ihre Familie und ihre Freunde sein, dabei hatte sie es ihnen bestimmt nicht immer leicht gemacht.

Im Haus regte sich immer noch nichts. Also ging Imke in die Küche, um Kaffee zu machen, die anderen würden bestimmt bald aufwachen. Auf dem Flur wäre sie fast über ihren ältesten Sohn Arne gestolpert, der in Kleidern und ohne Decke auf dem Boden lag.

Hatte er vorhin schon hier gelegen? Sie erinnerte sich nicht. Was machte er hier?

Ein Stückchen weiter entdeckte sie eine sehr blonde Frau auf dem Bastläufer, ihr dunkelroter Pullover war hochgerutscht und zeigte sehr viel weiße Rückenhaut. Imke erinnerte sich, dass sich Arne und diese Frau auf der Party gut verstanden hatten – und mehr als nur das. Wogegen ja nichts einzuwenden war. Aber warum waren die beiden nicht ganz normal zusammen ins Bett gegangen?

Was sie richtig aufregte, waren die Bösingers, denn die schliefen im Gemeinschaftszimmer auf dem Teppich. Dabei hatte sie ihnen doch extra ihr Bett überlassen und bei Christa genächtigt, die wiederum auf eine Luftmatratze ausgewichen war. Dieses ganze Hin und Her hätten sie sich sparen können.

Jetzt kam Christa im Pyjama in die Küche geschlurft und sah erstaunlich frisch aus – abgesehen davon, dass sie sich stöhnend den Kopf rieb.

«Imke, deine Bowle war der Tod», beschwerte sie sich. «Ich habe zwar nur zwei Gläser getrunken, aber die haben mich aus den Latschen gehauen.»

«Die Jugend von heute kann einfach nichts mehr ab!», gab Imke lachend zurück.

«Das mit der Jugend nehme ich als Kompliment», erwiderte Christa.

Ein paar Minuten später war die Blonde aufgewacht und packte trotz ihres heftigen Katers beim Aufräumen beherzt mit an, ihre blaue Mülltüte war schnell gefüllt. Christa deckte währenddessen auf der Terrasse den großen Tisch für das Frühstück. Bald standen darauf ein Kännchen Tee, eine Thermoskanne mit Kaffee, Orangensaft, salzige Heringe, Käse und Wurst. Wer wollte, konnte auch selbst eingekochte Marmelade essen.

Die ambossförmige Wolke im Norden wuchs indessen weiter, sie war bestimmt schon einige Kilometer hoch und verdeckte jetzt fast vollständig den Himmel. Ocke kam auf die Terrasse geschlurft, er trug wieder sein blau-weiß gestreiftes Fischerhemd und setzte sich nach einem muffeligen «Moin» an den Tisch, ohne mit irgendjemand Blickkontakt aufzunehmen. Ihn musste es am Vorabend schwer erwischt haben. Er wirkte schwächlich und grau, als färbte der Himmel auf ihn ab.

Dann folgte Arne mit verquollenem Gesicht. Mit seinen blond gefärbten Haaren sah er an diesem Morgen aus wie ein abgehalfterter Schlagersänger, den nicht einmal mehr Möbelhäuser in der tiefsten Provinz buchen wollten. Er gab der Blonden die Hand.

«Moin, ich bin Arne aus Utersum.»

Alle schauten betreten zu Boden. Peinlicher ging es nicht. Am Abend hatten die beiden noch miteinander geknutscht, was in Arnes Hirn offensichtlich komplett gelöscht worden war. Mit Sicherheit war die Blonde jetzt beleidigt, und zwar zu Recht.

«Hallo, nett dich kennenzulernen», sagte die Blonde ungekünstelt. «Ich bin die Tamara aus Bottrop.»

Glück gehabt, mein Sohn, dachte Imke, auch Tamara

scheint vergessen zu haben, was gestern Nacht passiert ist.

Mehr oder weniger angeschlagen schaute die gesamte Tischgesellschaft in die Marsch, die flach und grün unter dem sanftgrauen Himmel vor ihnen lag. Tamara zeigte einen unersättlichen Appetit auf eingelegte Heringe und konnte auch nach dem dritten nicht Schluss machen.

Imke strahlte zufrieden in die Runde: «Vielen Dank an euch alle! Das war eine wunderbare Party.»

Tamara war vollkommen ihrer Meinung: «Menschenskinder, ihr Friesen könnt vielleicht feiern, das glaubt kein Schwein. Das ist heftiger als der Kölner Karneval.»

Imke, stolze Friesin, die sie war, nahm das als Kompliment.

«Guten Morgen», rief Christa plötzlich.

Alle drehten sich zur Terrassentür, wo Herr Bösinger in einem viel zu großen Bademantel auftauchte. Er war nur mit Mühe wiederzuerkennen. Seine dünnen Haare standen nach allen Seiten ab, vom Seitenscheitel keine Spur. Sein Gesicht war kalkweiß, seine Augen wirkten glasig wie die eines Grippekranken. Er kam zum Tisch, schnappte sich die Flasche mit dem restlichen Orangensaft, setzte sie an seinen Mund und trank sie in einem Zug leer. Was man vielleicht tat, wenn man allein zu Hause war, aber doch nicht als Gast!

«Hey, wir wollen auch noch was», protestierte Tamara.

Nun erschien Frau Bösinger, ebenfalls in weißem Bademantel. So übel, wie sie aussah, schien sie dieselbe Krankheit wie ihr Mann zu haben.

Imke hatte mitbekommen, wie Frau Bösinger Ocke am Vorabend ihre Anziehsachen von der Wattwanderung in einer ALDI-Tüte überreicht hatte: Hose, Slip, T-Shirt. Was Imke sehr peinlich gewesen war. Denn eigentlich hätte niemand von ihrem Trip nach Amrum erfahren sollen.

«Moin», rief Christa extra laut.

«Guten Morgen», zischte Frau Bösinger und setzte sich neben ihren Mann. Imke schenkte ihr fürsorglich Mineralwasser ein, und Frau Bösinger nahm sofort einen großen Schluck.

«Der Wein gestern war wohl gegoren», beschwerte sie sich schlecht gelaunt.

Herr Bösinger lachte auf, dann sprach er mit brüchiger Stimme die ersten Worte an diesem Morgen: «Damit das klar ist: Ich werde Strafanzeige erstatten.»

Imke lächelte ihn freundlich an, sie hielt das für einen Witz, den sie nicht verstanden hatte.

Arne belegte gerade sein Brötchen mit Krabben. «Weswegen das denn?»

«Das braucht Sie gar nicht so zu amüsieren. Ich bin Anwalt in einer angesehenen Kieler Kanzlei. Und eines verspreche ich Ihnen: Die Vorkommnisse von gestern werden Folgen haben!»

«Was ist denn?», fragte Frau Bösinger ihren Mann irritiert.

«Kapierst du nicht? Die haben uns Drogen in die Getränke geschüttet! Wir können froh sein, wenn wir nicht abhängig werden.»

Imke verstand zwar immer noch nicht, was er meinte, aber es klang irgendwie lustig.

«Seid ihr eine Drogen-WG?», fragte Frau Bösinger.

Imke nickte. «Schlaftabletten, alle drei Tage.»

Ohne die Dinger konnte sie tatsächlich kaum noch einschlafen.

«Ich kann mich leider an nichts erinnern», sagte Frau Bösinger.

«K.-o.-Tropfen», erklärte ihr Mann, der erfahrene Strafrechtler.

Langsam wurde Imke unruhig. Was war da bloß alles passiert, nachdem sie ins Bett gegangen war?

«Sag mal, hast du sie noch alle?», Tamara war empört. «Du hast dich zugesoffen wie ein Eimer.»

Herr Bösinger warf ihr einen giftigen Blick zu.

«Ich trinke *nie* zu viel, und duzen Sie mich nicht.»

Er erhob sich, bedeutete seiner Frau mit einem Blick, dass es Zeit war zu gehen, und damit verschwanden die beiden ums Hauseck herum.

«Was machen die wohl jetzt?», wunderte sich Christa.

«Sex», spekulierte Imke spontan, ohne eine Miene zu verziehen.

Alle lachten.

Die Stimmung blieb gut, bis sich unerwartet zwei neue Gäste an ihren Tisch gesellten: Revierleiter Gerald Brockstedt und Peter Markhoff, letzterer mit einem großen Pflaster auf der Stirn. Beide sahen schlecht gelaunt und ziemlich übermüdet aus.

«Moin Gerald, Moin Peter», rief Imke. «Mit dir hätte ich ja nun gar nicht gerechnet ...»

«Herzlichen Glückwunsch nachträglich», murmelte Brockstedt und schaute sie düster an.

«Von mir auch», sagte Peter Markhoff, auch nicht gerade überschwänglich.

«Nun guck nicht so streng», lachte Imke. «Als wenn ich was verbrochen hätte. Setzt euch, es ist genug da. Mensch, ihr seid einen Tag zu spät, die Bowle ist längst alle.»

Brockstedt holte tief Luft und legte ein Blatt Papier neben Arnes Teller.

«Was soll das, Gerald?», fragte der genervt.

«Arne, das ist eine hochoffizielle Vorladung ins Polizeirevier.»

«Und weswegen?», fragte Arne.

«Willst du mich auf den Arm nehmen?», erwiderte Brockstedt. «Körperverletzung, Widerstand gegen die Staatsgewalt, Beamtenbeleidigung, Landfriedensbruch – der Rest steht auf der Vorladung.»

«Was?», Imke war empört. «Mein Junge ist doch kein Schläger, also wirklich!»

«Wollt ihr mir was anhängen, oder was?», fragte Arne.

Brockstedt ging gar nicht darauf ein, sondern fragte: «Sind Herr und Frau Bösinger noch da?»

«Die sind vor fünf Minuten gegangen, vielleicht erwischt ihr sie noch am Auto.» Imke erhob sich und führte Brockstedt zum Gatter hinter der Terrasse. Dort bot sich ihr ein seltsamer Anblick: Auf der großen Kuhweide mit den vielen gelben Butterblumen standen Herr und Frau Bösinger in ihren Bademänteln und hoben mit geschlossenen Augen die Hände zum Himmel.

«Herr, vergib uns! Und vergib diesen Leuten!», flehte Herr Bösinger.

«Herr und Frau Bösinger!», unterbrach Brockstedt sie entschlossen.

Jetzt öffneten beide die Augen und drehten sich erschrocken zu dem Polizisten um.

«Was wollen Sie von uns?»

Brockstedt zückte einen Zettel.

«Das ist eine Vorladung ins Polizeirevier.»

«Diese Leute stehen unter meinem Schutz!», rief Imke spontan.

Brockstedt ließ sich nicht aus der Ruhe bringen.

«Gegen Sie beide liegen Strafanzeigen vor, und zwar wegen Beamtenbeleidigung, Körperverletzung und Behinderung der Justiz.»

Imke verstand die Welt nicht mehr: Die Bösingers? Eine Strafanzeige?

«Gerald, das ist Unsinn», sagte sie, «ich war gestern Abend selbst dabei, da war nichts. Du tust gerade so, als ob Arne und die Bösingers Verbrecher sind!»

Brockstedt zuckte mit den Achseln.

«Der Herr Jesus Christus ist an einem Freitag wie heute gekreuzigt worden», murmelte Frau Bösinger.

«Jetzt hören Sie mal ganz genau zu», wandte sich Bösinger an den Polizisten. «Ich stelle eine Dienstaufsichtsbeschwerde gegen Sie. Des Weiteren erstatte ich Anzeige gegen Herrn Ocke Hansen, Frau Christa Soundso und Frau Imke Riewerts wegen Drogenhandels, Drogenmissbrauchs und Körperverletzung durch heimlich Abgabe von Drogen.»

Imke schüttelte bekümmert den Kopf. Irgendwie war alles durcheinander – lag das an ihr?

# 11. Badeverbot

Als Sönke über den schmalen Weg durch die Dünen zum Nieblumer Strand kam, winkte Maria ihm heftig gestikulierend aus dem Wasser zu. Sie wohnten nun schon zwei Jahre in dem kleinen Reetdachhäuschen in Nieblum, was er keinen Tag bereut hatte. Seine Hamburger Freunde fragten ihn bei jedem Telefonat nach dem Inselkoller, doch der wollte sich einfach nicht einstellen. Der beste Beweis: Gerade hatte Sönke eine Woche Urlaub von seinem Job in der Kurverwaltung, und er verbrachte ihn dort, wo er auch wohnte: auf der Insel Föhr!

Er schaute prüfend in den Himmel und hoffte, dass die riesige Wolke bald verschwinden würde, um Platz für die Sonne zu machen. Aber auch bei diesem Wetter war es am Strand so voll wie bei Sonnenschein. Der feine Sand unter seinen Füßen fühlte sich noch etwas feucht und kühl an, was die Stammgäste in ihren Strandkörben wenig kümmerte. Sie wussten, wie schnell sich das Wetter am Meer änderte, und braun wurden sie auch so. Es war ja nicht kalt, immerhin war es August. Also lasen sie ihre Zeitungen und Bücher wie sonst auch, dösten vor sich hin oder schauten einfach ins Nichts, um ihre Gedanken schweifen zu lassen. Die älteren Kinder spielten Beachvolleyball, während die Kleinen ihre Phantasiestädte in den Sand buddelten.

Alles war gut.

Zu den lustigsten Erlebnissen auf Föhr zählte für Sönke die Begegnung mit einer Schülergruppe aus Süditalien, die sich letzten Sommer auf die Insel verirrt hatte. Während Insulaner und Touristen den Tag auch bei bedecktem Himmel in Badehose und Bikini genossen, trugen die Italiener Jacken. Sie waren fassungslos darüber, dass die Menschen bei 19 Grad ins Wasser sprangen. Bei der anschließenden Diskussion kam man zu dem Ergebnis, dass Europa angesichts der unterschiedlichen Badetemperaturen nur schwer zusammenwachsen konnte. Was die wenigsten wussten: Um Föhr herum befand sich eine Art geheizte Naturbadewanne, denn das Nordseewasser wird im flachen Wattenmeer besonders schnell von der Sonne erwärmt.

Sönke zog sich um, warf sich kopfüber in die frische See und kraulte zu Maria. Als er sie erreicht hatte, tauchten sie zusammen ab, umarmten und küssten sich unter Wasser, bis sie keine Luft mehr kriegten, dann kamen sie schnaufend wieder hoch.

«Brille wieder klar?», keuchte Maria.

«Perfekt.»

Der Heavy-Metal-Gitarrist mit dem runden Gesicht hatte ihm auf Omas Fete mit einer ungestümen Armbewegung seine Brille heruntergerissen und war anschließend aus Versehen draufgetreten. Sönke war deswegen nach dem Frühstück kurz zu seiner Tante Regina gefahren, die das Gestell in ihrem kleinen Wyker Optikerladen wieder hergerichtet hatte.

«Und wie geht es dir, meine große Liebe?», fragte Sönke.

«Mir ist immer noch etwas schlecht», sagte Maria.

«Omas Bowle war schon heftig.»

«Hallo? Ich habe kaum etwas getrunken. Nee, ich muss was Falsches gegessen haben.»

Sönke spritzte etwas Wasser zu ihr herüber und grinste.

«Vielleicht bist du ja schwanger.»

Maria lachte kurz auf: «Wie kommst du denn darauf?»

«Wegen Oma. Sie hat mir letztens gebeichtet, dass sie sehnlich darauf wartet, Urgroßmutter zu werden.»

«Von Omas Wünschen allein werde ich ja noch nicht schwanger. Was hast du ihr denn gesagt?»

«Dass es nicht geht, weil wir keinen Sex haben.»

Maria musste so sehr lachen, dass sie sich mit Salzwasser verschluckte.

«Kleines Rennen?», forderte sie ihn auf.

«Okay!»

Sie legte ein paar starke Schläge vor, Sönke hatte große Mühe, hinterherzukommen. Es war erbärmlich. Er schwor sich, von jetzt an jeden Tag zu trainieren. Nach einigen Metern brach Maria ab und legte sich flach aufs Wasser. Sie wollte ihm weitere Demütigungen ersparen. Sönke legte sich wie sie auf den Rücken und nahm ihre Hand. So schauten sie beide direkt in den Himmel, der bereits von Grau in Blau changierte. Die pralle Sonne stand kurz vor dem Durchbruch.

«Und, was erzählt Regina so?», fragte Maria.

«Ohne ihre Großfamilie würde es ihr wohl besser gehen.»

Sie schwammen gemächlich auf die Hallig Langeneß mit ihren sechzehn Warften zu, die trotzig aus dem Meer ragten.

«Wie das?»

«Die Gerüchteküche brodelt nach Omas Party.»

«Kann ich mir vorstellen.»

Maria tauchte kurz ab, und als sie wieder hochkam, lagen ihre langen Haare quer über ihrem Gesicht, was sie nicht zu stören schien. Langsam schwammen sie weiter.

«Was erzählt man sich denn so?»

«Ocke ist ein Säufer, Christa baggert junge Kerle an, wir kümmern uns nicht um Oma. Ach ja, Omas Gäste zünden Strandkörbe an und verprügeln die Polizei.»

Jetzt blitzten Marias braune Augen besorgt auf. Kein Wunder, immerhin war sie selbst Polizistin auf der Insel und damit doppelt betroffen, einmal privat, einmal beruflich.

«Sagt wer?»

Sönke drehte sich wieder auf den Rücken.

«Karen-Ann vom Eisladen in Oevenum. Und die hat es natürlich aus erster Hand.»

«Na, denn.»

Maria drehte sich auch auf den Rücken, und Seite an Seite ließen sie sich in Richtung offene See treiben.

«Hast du schon im Revier angerufen?», fragte Sönke vorsichtig.

«Ich habe mich noch nicht getraut.»

«Wir haben im Tanzraum doch gar nichts mitbekommen von dem ganzen Schlamassel.»

«Sönke, mein Vater hat meinen Kollegen Peter Markhoff verprügelt, als der ihn von der Straße aufsammeln wollte.»

«Dann bekommt er wohl ernste Probleme, bei seiner Vorgeschichte ...»

Marias Vater Arne hatte vor einem Jahr zusammen mit einem Surfer-Kumpel ein Internet-Unternehmen gegründet. Sie verkauften Zubehör für Surfer, das der Kumpel in China billig einkaufte. Auf Anweisung seines Kompagnons hatte Arne dabei einige Papiere unterschrieben, die er nicht hätte unterschreiben dürfen. Das Dämlichste an der Sache war, dass er sie nicht einmal gelesen hatte. Sein Kumpel behauptete hinterher, er hätte die Verträge nie zu Gesicht bekommen, und Arne war vom Niebüller Amtsgericht wegen Betrugs zu einer zweijährigen Bewährungsstrafe verurteilt worden. Es war eine harte Lektion für ihn gewesen.

Dass sein Schwiegervater in geschäftlichen Dingen gnadenlos naiv war, wusste Sönke, aber ein Schläger war er nie und nimmer. Der Ausfall letzte Nacht war einfach nicht zu erklären. Sollte man ihn deswegen anklagen, würde seine Bewährung aufgehoben werden – und dann landete er womöglich im Gefängnis.

Maria pustete einen salzigen Wassertropfen weg, der über ihre Oberlippe den Weg in ihren Mund suchte.

«Was machst du denn nun wegen Arne?», fragte Sönke.

Maria streckte sich lang aus.

«Da halte ich mich raus.»

Sönke wusste, dass Maria ein recht kompliziertes Verhältnis zu ihrem Vater hatte, aber er fand, dass sie ihn in diesem Fall nicht hängenlassen durfte.

«Mensch, Maria, vielleicht muss Arne in den Knast.»

«Verstehst du nicht? Er hat einen Kollegen von mir angegriffen. Da kann ich nicht Partei für ihn ergreifen. Wie stehe ich dann da im Revier?»

Die Frage erledigte sich wenige Minuten später ohne ihr Zutun, denn vom Land her ertönte eine metallisch-quäkende Stimme übers Wasser.

«Maria, Sönke! Kommt sofort aus dem Wasser!»

Die beiden drehten sich um.

Auf dem DLRG-Turm stand Revierleiter Gerald Brockstedt mit einem Megaphon in der Hand. Der uniformierte Ordnungshüter erzeugte unter den leicht bekleideten Badegästen natürlich riesige Aufmerksamkeit, alle schossen aus ihren Strandkörben hervor, um zu sehen, was da los war. Maria und Sönke schwammen langsam zurück und staksten aus dem Wasser. Brockstedt stand jetzt an der Wasserkante und starrte sie mürrisch an.

«Moin, Gerald», grüßte Maria freundlich.

Doch ihrem Chef war nicht nach Höflichkeit zumute.
«Ich will dich im Revier sehen», grunzte er. «Gleich!»
«Ich habe heute frei», protestierte Maria.
«Jetzt nicht mehr.»
«Wieso?»
Statt einer Antwort wandte sich Gerald an Sönke: «Und du kommst gleich mit.»
«Ich? Wieso das denn?»
«Als Zeuge.»
«Wofür?»
Jetzt explodierte Brockstedt und brüllte los, was sonst gar nicht seine Art war: «Mensch, Sönke, wenn du drauf bestehst, kann ich dich auch schriftlich vorladen!»
Brockstedt stapfte zurück zu dem Polizeipassat, den er hinter dem Café Am Wattenmeer abgestellt hatte.
«Woher wusste der, dass wir hier schwimmen gehen?», fragte sich Sönke laut.
«Du weißt doch, wie das läuft auf der Insel, das kostet ihn drei Anrufe.»
Sönke und Maria trockneten sich ab und begaben sich ohne Eile zum Wagen. Eigentlich hatten sie vorgehabt, nach dem Baden nach Wyk zu fahren. Maria wollte zum Friseur, und danach hätten sie noch ein bisschen bei Bubu im Buchladen und in der Wyker Buchhandlung gestöbert. Daraus wurde jetzt nichts.
In diesem Moment zersprengte die Sonne die riesige Wolke in Einzelteile, und der Strandsand blendete wie wahnsinnig. Er wäre schön gewesen, zu bleiben.

Das rot geklinkerte Polizeirevier am Hafen wirkte wie eine abweisende Burg. Maria parkte ihren Mini One, und bei schönstem Sonnenschein gingen sie die Treppe zum Revier hoch. Als Maria die Tür mit ihrem amtlichen Schlüssel öffnete, kam ihnen ihr übermüdeter Kollege Burki im Flur entgegen:

«Moin.»

«Moin, Moin.»

Maria und Sönke verdrückten sich erst einmal in Marias Büro, von wo aus sie auf die Masten der unzähligen Segelboote im Hafen schauten. Amtsräume verströmten immer einen ganz eigenen Geruch, fand Sönke, nämlich gar keinen. Bis auf die zarte Note von muffeligem, altem Papier, das in unzähligen Leitz-Ordnern lagerte.

Gerald Brockstedt streckte den Kopf durch die Tür: «Frau Riewerts, kommst du?», grummelte er.

Mit Nachnamen angesprochen zu werden, musste für Maria ungewohnt sein; sie und Gerald hatten sich von Anfang an geduzt. Jetzt wirkte Brockstedt so sauer, als würde er am liebsten zum «Sie» zurückkehren.

«Kannst gleich mitkommen, Sönke.»

Sönke fühlte sich wie verhaftet, als er hinter Maria ins schmucklose Büro des Revierleiters trottete. Brockstedt nahm an seinem penibel aufgeräumten Schreibtisch Platz. Der einzige Farbfleck im Raum war der Kalender der Polizeigewerkschaft, der in diesem Monat eine Schafherde in der Schwäbischen Alb zeigte. Maria und Sönke setzten sich unaufgefordert auf die zwei Besucherstühle, während sich Brockstedt Richtung Fenster drehte und stumm auf den sonnenbeschienenen Sportboothafen direkt vor dem Polizeirevier blickte. Er wirkte, als müsse er sich erst einmal sammeln, dann legte er los.

«Was ist gestern Nacht bei Imke passiert?»

«Wir haben getanzt», antwortete Maria.

«Ich feiere ja auch gerne», sagte Brockstedt, «und da kann schon mal ein Glas zu viel dabei sein. Aber gestern war das eine ganz andere Dimension.»

«Ich habe keine Straftaten begangen und auch keine geduldet», erklärte Maria trotzig. Als Polizistin wäre sie verpflichtet gewesen, so etwas anzuzeigen.

«Mann, dein Kollege Peter ist verletzt», brüllte Brockstedt plötzlich los, «und zwar weil dein Vater auf ihn losgegangen ist wie ein Berserker!»

«Das ist totaler Mist und muss geahndet werden, da bin ich deiner Meinung. Aber noch mal zum Mitschreiben: Ich habe nichts damit zu tun. Oder komme ich deswegen in Sippenhaft?»

Brockstedt schüttelte den Kopf und schaute ihr in die Augen.

«Es geht gar nicht um dich, Maria.»

«Sondern?»

Er holte tief Luft.

«Um eure Oma.»

«Aber ...»

«Ocke und Christa sind nicht der richtige Umgang für Imke. Die haben sich zu Chaoten entwickelt. Ich kann es selbst kaum glauben, aber es ist so.»

Maria wurde jetzt richtig sauer.

«Woher nimmst du das? Ocke und Christa haben doch gar nichts gemacht.»

«Die laden sich einen Haufen Wahnsinniger ein, die ganz Dunsum aufmischen und deine Kollegen angreifen. Sogar Touristen sind in die Sache verwickelt. Wie kommt das, frage ich mich?»

Jetzt senkte Brockstedt die Stimme auf Zimmerlautstärke: «Du schreibst einen Bericht über alles, was du gesehen hast, und zwar sofort.» Er nahm einen Papierlocher in die Hand – so etwas gab es tatsächlich noch bei der Polizei – und spielte damit herum.

«Mal so von Mensch zu Mensch: Nehmt eure Oma da

raus! Christa hat ihre Aufgabe als Pflegerin nicht im Griff, das ist offensichtlich. Imke soll vorgestern auf eigene Faust durchs Watt nach Amrum gelaufen sein, stimmt das?»

«Was? Keine Ahnung», stammelte Maria.

Sönke musste schlucken. Er hatte Maria noch nichts von der Rettungsaktion erzählt, das musste er dringend nachholen. Wenn es selbst ihr Revierleiter schon wusste ...

Brockstedt glaubte ihr kein Wort und schüttelte nur verständnislos den Kopf: «Muss denn noch mehr passieren?»

In diesem Moment piepste Sönkes Handy. Eine SMS von Regina. Sie rief zur Familiensitzung am Utersumer Strand.

Von der harmonischen Stimmung, wie sie gestern Abend bei der Geschenkübergabe noch geherrscht hatte, war nichts mehr zu spüren.

## 12. Strandburg

Der Utersumer Strand zeigte sich an diesem Tag wie ein vielfarbiges Aquarell: ein Streifen heller Sand, gespickt mit bunten Strandkörben, dahinter eine Schicht braunes Watt, darüber die hellen Dünen auf der Nordspitze von Amrum, und ganz oben ein fetter, dunkler Regenhimmel aus Lila und Schwarz. Die meisten Urlauber ließen sich von dem einsetzenden Niederschlag erst einmal nicht beirren und blieben in ihren Strandkörben oder auf ihren Fahrrädern sitzen, aßen Eis oder setzten ihren Spaziergang fort. Erst als die Tropfen dichter wurden, suchten sie sich einen trockenen Unterstand. Unter den Sonnenschirmen der vielen Straßencafés konnten die Feriengäste wunderbar an der frischen Luft bleiben, ohne nass zu werden. Was manchmal schöner war als gutes Wetter, denn bei Hitze verloren sich die Menschen oft in alle Richtungen. Nun hingegen rückten sie zusammen, bestellten eine Friesentorte oder ein Herrengedeck und kamen viel schneller ins Gespräch.

Sönke erinnerte sich noch daran, wie er als kleiner Junge an diesem Strand zusammen mit Maria einen Strandburgenwettbewerb gewonnen hatte. Er lebte damals mit seinen Eltern in Hamburg, aber da seine Oma hier wohnte, kamen sie regelmäßig zu Besuch. Er musste um die zehn gewesen sein. Ihre Strandburg hatten sie gespickt mit Muscheln,

Steinen und selbst gebastelten Wimpeln. Das war inzwischen schon eine echte Alte-Onkel-Geschichte, die Jüngere kaum glauben konnten, denn Strandburgen waren aus Naturschutzgründen mittlerweile streng verboten. Sönke fand, dass vieles leichter und unbeschwerter gewesen war, als man sich über die Umwelt noch nicht so viele Gedanken gemacht hatte. Auch wenn das natürlich vernünftig und notwendig war.

Dicke Tropfen ploppten auf den Sand. Sönke war an Arnes Revier angelangt, hier vermietete sein Onkel seine Strandkörbe. Drei der Körbe hatte Arne in der Nähe des DLRG-Turms wie eine Festung zusammengerückt – je einen für Sönke, Regina und sich. Typisch für unsere Familie, dass jeder seinen Korb hat, dachte Sönke. Sie waren zusammengekommen, um über Oma zu reden. Aber natürlich ging es nach gestern Abend um noch viel mehr.

Erst einmal schwiegen alle und hörten dem Regen zu. Der machte niemandem etwas aus, denn auch bei Schietwetter konnte man sehr gut in Strandkörben sitzen. Wenn man sie aufrecht stellte, ließen sie keinen Tropfen durch. Unter anderen Umständen hätte es richtig gemütlich werden können.

Sönke war schon von seiner fast gleichaltrigen Tante Regina genervt, bevor sie etwas gesagt hatte. Sie war das jüngste Kind von Oma und wohnte mit ihrem Mann Holger und ihrem fünfzehnjährigen Sohn John in einem kleinen Haus in Wyk gleich hinterm Postamt, in der Rungholtstraße. Sönke hatte auf der Party mitbekommen, dass Regina sich lange mit Frau Bösinger unterhalten hatte. Da hatten sich zwei gefunden. Frau Bösinger hatte ihr mit Sicherheit jedes Detail von Omas Amrum-Ausflug weitergetratscht. Zudem konnte Regina Christa nicht ausstehen, von der Sönke wiederum ein echter Fan war. Eine

Frau, die auch jenseits der fünfzig noch lustvoll lebte, empfand Regina als pervers, ihre Mutter war das beste Beispiel dafür. Sönke wusste, dass Regina Imkes jahrzehntelange heimliche Liebesbeziehung zu Johannes auf der Nachbarinsel Amrum immer noch als Verrat empfand. Bei der gestrigen Geschenkübergabe hätte man allerdings meinen können, dass Mutter und Tochter ein neues Kapitel in ihrer Beziehung aufgeschlagen hätten. Doch das war wohl nur ein Wunschtraum gewesen.

«Was die Leute reden, ist Rufmord», begann Regina.

«Die hören auch wieder damit auf, du kennst das doch», hielt Sönke dagegen. Schade, dass Maria nicht dabei sein konnte, Brockstedt hatte sie mit seinem blöden Bericht in Beschlag genommen. Sie hätte ihn sicher unterstützt.

«Im Geschäft wollen die Leute keine Brillen mehr von mir kaufen», jammerte Regina.

«Du übertreibst», sagte Arne.

Regina lächelte ihn säuerlich an: «Kommst du jetzt eigentlich in den Knast, Bruderherz? Oder wie ist da der Stand?»

Arne sah sie wütend an. «Das geht dich nichts an», zischte er.

Der Regen wurde stärker, und Sönke zog die Beine ein.

«Das fällt alles auf unsere Familie zurück», sagte Regina.

«Wenn das deine einzige Sorge ist», erwiderte Sönke. «Hast du uns wegen Arne zusammengetrommelt?» Er war nicht gekommen, um einem Geschwisterkrieg beizuwohnen.

«Nein. Die wichtigere Frage lautet: Ist die WG der richtige Umgang für Mama?»

Nun war es raus.

«Christa und Ocke kümmern sich rührend um sie», sagte Sönke, wohl wissend, dass das vielleicht nicht ganz der Wahrheit entsprach.

Regina verzog höhnisch das Gesicht.

«So sehr, dass sie auf eigene Faust nach Amrum wandert und sich in fremde Betten legt?»

«Besser als eingesperrt», brummte Sönke.

Doch Regina wusste noch mehr: «Christa ist zurzeit vollkommen von der Rolle. Die hängt auf dem Sandwall rum und baggert junge Männer an.»

«Sagt wer?», fragte Arne.

«Karen-Ann. Sönke hat es heute Morgen selbst mit angehört, als er bei mir im Laden war, oder, Sönke?»

«Christa sieht toll aus, warum denn nicht?»

«Die kann einfach nicht älter werden.»

«Das regelt der Markt, würde ich sagen. Entweder klappt es ...»

«... oder sie macht sich lächerlich!», keifte Regina. «Christa steckt in einer Lebenskrise. Das könnte uns ziemlich egal sein, wenn sie sich ordentlich um Mama kümmern würde. Aber das tut sie nicht.»

«Ocke ist ja auch noch da», wandte Arne ein.

«Dasselbe in Grün! Macht einen auf Rocker, außerdem soll er heimlich saufen.»

«Wenn er es heimlich macht, woher weißt du es dann?»

Wirklich, das war ein reines Vorurteil, weil Ocke Seemann war. Da war nichts dran. Ocke trank schon mal einen, aber seltener als Sönke, und der trank nun echt nicht viel. Als Taxifahrer konnte sich Ocke in dieser Hinsicht ohnehin keinen Schnitzer erlauben.

«Ich habe ihn doch selbst auf der Fete erlebt. So etwas erkennt man, wenn man auch mal an der Flasche hing.»

Tatsächlich war Regina seit zwei Jahren trockene Alkoholikerin und hatte zwanzig Kilo abgenommen, das musste man ihr hoch anrechnen. Doch leider hatte sie sich zu einer Missionarin entwickelt, die strikte Zurückhaltung von sämtlichen Mitmenschen in ihrer Umgebung forderte, was ihr nicht nur Sympathien einbrachte ...

«Auf der Fete gehörte er zu denen, die am wenigsten getrunken haben», sagte Sönke.

«Außerdem haben wir da alle keine gute Figur gemacht», seufzte Arne.

«Ich schon», sagte Regina.

«Natürlich.»

«Ich habe auf der Feier nichts getrunken, mir kann man nichts vorwerfen. Im Gegensatz zu dir, Arne, denn du hast das mit dem Trinken gar nicht mehr im Griff.» Regina machte eine kurze Pause. «Wir sind die kaputteste Familie auf ganz Föhr», fügte sie hinzu.

«Und? Sollen wir jetzt eine Familientherapie machen, oder was?» Sönke hasste Reginas Übertreibungen.

«In einer betreuten Wohngruppe wäre das alles nicht passiert», stellte Arne fest.

Das kam überraschend. Bisher hatte Arne immer zu Omas WG gestanden und ein Heim kategorisch abgelehnt. Sönke war plötzlich enttäuscht von seinem Onkel und Schwiegervater. Dieser Mann war einmal sein Vorbild gewesen: der erste Surflehrer der Insel Föhr!

«Spinnst du?», sagte er.

«Betreutes Wohnen ist im Grunde nichts anderes als eine WG, nur dass die Betreuer ihre Aufgabe ernst nehmen», stimmte Regina ihrem knapp zwanzig Jahre älteren Bruder zu. «Frag mal die Leute, die da wohnen, die fühlen sich sauwohl!»

«Wahrscheinlich hast du recht», sagte Arne.

Sönke verstand die Welt nicht mehr, was war nur mit Arne los? Die Heimdiskussion hatten sie vor einem Jahr schon mal geführt, als Oma den Herd angelassen und damit fast ihre Wohnung am Sandwall abgefackelt hätte. Da war Arne noch empört gewesen, dass ein Heim überhaupt in Erwägung gezogen wurde. Oma war einer Entscheidung zum Glück zuvorgekommen, indem sie auf eigene Faust mit Christa zu Ocke nach Dunsum gezogen war.

Regina setzte noch einen drauf: «Wir sollten Mama von der Insel aufs Festland bringen. Mit etwas Abstand könnte alles viel entspannter sein.»

In diesem Moment hörte der Regen schlagartig auf, und die Sonne eroberte einen kreisrunden Ausschnitt über den Dünen von Amrum.

«Oma hat ihr Leben lang auf Föhr gelebt», empörte sich Sönke. «Du spinnst ja wohl total!»

Jetzt stiegen Regina die Tränen in die Augen. «Im Gegensatz zu dir bin ich gebürtige Insulanerin. Und ich möchte weiter hier leben, und zwar ohne ständigen Ärger! Ich werde hier noch zur Außenseiterin. Das klingt vielleicht egoistisch, aber es ist so.»

Sönke schnappte nach Luft. «Oma ist vollkommen klar. Okay, sie hatte zwischendurch eine kleine Schwächeperiode, aber was soll sie in einem Heim?»

«Genau umgekehrt, mein Lieber! Mama ist altersschwach und hatte gerade ihre letzte Hochphase.»

«Quatsch.»

«Mann, Sönke, Imke dreht nicht auf – sie baut ab! Das wird uns allen mal so gehen.»

«Mag sein, aber zurzeit ist sie vollkommen klar.»

Regina hob abwehrend die Hände.

«Kompromiss!», rief sie, «das mit dem Festland vergessen wir. Aber in der Wohngruppe ‹Schmetterlinge› hier in Utersum ist ein Platz frei geworden ...»

«Schmetterlinge? So nennt man Wickelgruppen in Kindergärten.»

«Du bist Mamas gesetzlicher Vormund, Sönke. Und du hast Christa als Pflegerin eingesetzt.»

«Dazu stehe ich auch!»

«Omas Wattwanderung und die Party werden sich bis zum Amt herumsprechen, da sei mal sicher.»

«Soll das eine Drohung sein?»

«Imke ist immer noch meine Mutter, und ich möchte, dass es ihr gut geht. Ich möchte, dass Christa die Pflege abgibt, sonst garantiere ich für nichts.»

«Und wie soll es ohne Christa weitergehen in der WG?»

«Gar nicht.»

Sönke erhob sich. «Ich rede erst einmal mit Christa, ja? Dann sehen wir weiter.»

Das hätte er nach Omas Wattwanderung längst tun sollen. Hoffentlich war es noch nicht zu spät.

## 13. Oma dreht auf

Am nächsten Morgen saß Imke an ihrem Schreibsekretär und fummelte am DVD-Player herum. Sie wollte sich ihren Geburtstagsfilm noch einmal ansehen, um vielleicht mehr über die Geschehnisse auf ihrer Party zu erfahren. Wen sie auch fragte, alle hielten sich bedeckt und wollten sie schonen, was sie maßlos ärgerte. Als wenn sie nicht mitbekommen hätte, wie Brockstedt seine Vorladungen an Arne und die Bösingers verteilt hatte!

Sie war so aufgewühlt, dass sie alles falsch machte und auf dem Display schließlich das böse Wort «Error» erschien.

«Du verfluchtes Miststück», schnauzte Imke den DVD-Player an, als würde das etwas ändern.

Da klopfte es an der Tür. Ihre Enkelin Maria kam in ihrer dunklen Uniform herein. Sie stand ihr hervorragend, wie Imke immer wieder feststellte. Auf jeden Fall besser als die schrecklichen Vorgängermodelle «Förstergrün mit kackbeiger Hose».

Marias schaukelnder Gang wirkte allerdings auf Imke immer etwas zu männlich, was so gar nicht zu ihrem feinen Gesicht mit den großen braunen Augen passte. Deswegen hatte sie früher wie eine Ballettmeisterin versucht, der pubertären Maria einen weiblichen Schritt beizubringen –

vergeblich. Der Gang gehörte einfach zu ihr, und als Polizistin musste sie ja nicht auf den Laufsteg.

«Moin, Oma.»

«Moin, mien seuten Deern.»

Maria küsste sie auf die Wange.

«Es ist keiner da, und die Haustür war auf», sagte Maria mit sanftem Tadel. In Föhr wurden Wohnungen traditionell nicht abgeschlossen, obwohl es immer mehr Diebstähle gab.

«Setz dich doch.»

«Ich habe leider wenig Zeit, Oma, ich bin im Dienst.»

«Schade.»

Imke liebte ihre Enkelin sehr. Im Alter von drei Jahren war sie von ihrem Sohn Arne adoptiert worden, als Marias Hippiemutter sich nach Indien aufgemacht hatte. Da Arne als allein erziehender Vater nicht immer Zeit gehabt hatte, war Imke oft und gerne eingesprungen. Und was das Schönste war: Maria hatte ihren Lieblingsenkel Sönke geheiratet!

«Hat schon jemand mit dir über die Party geredet?», fragte Maria. «Ich meine, über den Polizeieinsatz?»

«Nein, die halten mich alle für zu blöd.»

«Genau das habe ich befürchtet. Aber ich finde, du sollst wissen, was da los war. Immerhin geht es auch um Arne.»

Maria legte eine DVD auf Imkes Schreibsekretär.

«Es gibt eine Aufzeichnung vom Einsatz. Aber die hast du nie gesehen, klar? Auch Sönke muss davon nichts erfahren.»

Imke hob scherzhaft den Zeigefinger.

«Hast du etwa Geheimnisse vor deinem Mann?»

Maria nickte.

«Ich fürchte, er hätte gute Argumente gegen das, was ich hier gerade mache.»

«Danke.»

Nachdem Maria für ihre Oma die DVD eingelegt hatte, gab sie ihr einen Kuss auf die Wange und verschwand wieder.

Imke blickte gespannt auf den Bildschirm.

Zuerst erschien eine Zahl in einer Ecke des Monitors, vermutlich das Datum, aber es war zu klein, um es entziffern zu können. Dann folgte die akustische Aufzeichnung des Notrufs von Vogelwart Markus Clausen:

«Die Alten-WG in Dunsum macht einen Höllenlärm! Das könnt ihr euch nicht vorstellen, die drehen vollkommen durch.»

«Ich kann dich kaum verstehen», kam es zurück.

«Ruhestörung in Dunsum», brüllte Markus.

Schnitt.

Im Licht eines Handscheinwerfers war eine Frau in dunkelrotem Pullover zu sehen, das Bild wackelte stark. Sie lag vor der Holzwand der Dunsumer Bushaltestelle, an der wild durcheinander Plakate klebten; Anzeigen fürs Sommerfest der Föhrer Landfrauen, für einen Yoga-Kurs bei Frau Ranga Janzen, Hinweise auf den Wyker Fischmarkt und ein Kirchenkonzert in St. Laurentii.

Schnitt.

Gegenüber der Bushaltestelle war eine Person zu sehen, die mit bizarr verrenkten Gliedmaßen unter dem Schaukasten der Maklerfirma Densch & Schmidt lag. Das Motto der Firma blitzte kurz im Scheinwerferlicht auf: «Leben, wo der Wind weht.»

«Mist», entfuhr es Polizeimeister Markhoff, «das ist Arne.»

Imke schaute genau hin, aber selbst sie hätte ihren Sohn kaum erkannt.

Markhoff fühlte ihm den Puls.

«Der ist noch warm», stellte er erleichtert fest.

Plötzlich öffnete Arne die Augen und lallte: «Was wollt ihr blöden Bullenschweine?»

Markhoff nahm sein Funkgerät in die Hand: «Wir bräuchten mal den Notarzt nach Dunsum in die Dorfstraße ...»

«Kein Arzt!», lallte Arne und rüttelte ihn am Arm, woraufhin der Polizist ins Stolpern geriet.

Markhoff missverstand das als Angriff und wehrte sich nach Kräften, was Imke reichlich übertrieben fand. Aber auch ihr Arne, das musste sie zugeben, teilte mächtig aus.

Schnitt.

Danach zeigte die Kamera Herrn Bösinger, der einen irrsinnigen Krach mit seiner Gitarre veranstaltete und mit glasigen Augen unverständliche Wortfetzen ins Mikrophon schrie. Gerald Brockstedt und Peter Markhoff forderten ihn höflich auf, die Anlage auszustellen, was er überhaupt nicht einsah. Frau Bösinger stand daneben und bedrohte die beiden mit einem Tortenmesser. Daraufhin schritt Brockstedt selbst zur Tat und zog den Stecker. Bösinger stürzte mit umgehängter Gitarre auf die beiden Ordnungshüter los: «Ihr Arschlöcher, euch mache ich fertig, ihr verblödeten Hurensöhne!»

Das reichte. Imke hielt den Film an, sie wollte dieser Tragödie nicht länger zusehen. Es war schlimmer, als sie befürchtet hatte. Ihre Bowle war einfach zu stark gewesen, und deswegen musste ihr Sohn jetzt vielleicht ins Gefängnis.

Sie schaute aus dem Fenster und dachte nach. Es gab nur eine Chance, Arne zu helfen: die hohe Kunst der Föhrer Inseldiplomatie. Sie musste direkt mit Brockstedt reden und ihn dazu bringen, die Angelegenheit anders zu regeln als mit dem Staatsanwalt in Niebüll.

Natürlich hätte sie Ocke bitten können, sie zu fahren, aber erstens nahm sie ihn ohnehin schon zu viel in Anspruch, und zweitens war es für ihre Mission besser, sie tauchte allein bei Brockstedt auf. Und zwar heute noch. Ein Überraschungsangriff funktionierte immer am besten.

Sie blickte hinüber auf die Deichkrone und sah eine

Traube bunt gekleideter Touristen zur Haltestelle trotten. Sollte sie sich zu ihnen in den vollen Bus nach Wyk zwängen, der auch in Midlum hielt, wo sie hin musste? Aber wie käme sie dann von dort weiter, falls das nötig war?

Imke zückte eine Tablettenpackung und zögerte einen Moment. Die mahnenden Worte ihres Hausarztes kamen ihr in den Sinn: «Dieses Mittel ist nur für den Notfall, es geht auf die Nieren und kann abhängig machen.»

War das mit achtundsiebzig noch irgendwie wichtig?

Dr. Behnke hatte ihr empfohlen, mit einer Tablette anzufangen, aber Imke beschloss, dass sie keine Zeit hatte, vorsichtig zu sein, und schluckte gleich zwei auf einmal. Dann legte sie sich aufs Sofa, um die Wirkung abzuwarten. Und tatsächlich, das Zeug schlug phänomenal an, Minute für Minute ging es ihr besser. Das bezahlte sie zwar mit einem Rauschen in den Ohren, das sich wie Windstärke zwölf anhörte, aber das wäre bei einem echten Sturm ja auch nicht anders gewesen.

Voller Tatendrang zog sie sich Jacke und Schuhe an und ging zu dem Schuppen hinter dem Haus, den sie sonst eher mied. Sie hasste den Ölgeruch und die rutschige Schmiere auf dem Boden, Ocke sammelte und reparierte hier seine alten Mofas. Eine schwarz lackierte Maschine mit Rostflecken stand aufgebockt auf einem Ständer, der Schlüssel steckte im Schloss. Das Gefährt sah seltsam aus, denn der Motor lag vorne, quer vor dem Lenker.

«Vélosolex», entzifferte Imke den abblätternden Schriftzug. Sie zögerte.

Seit Jahren war sie nicht mehr Auto gefahren, weil sie sich zu schwach fühlte – und nun sollte sie sich auf ein Zweirad setzen? Andererseits waren ihre Mitbewohner gerade nicht da und die Wirkung der Tabletten auf dem Höhepunkt, also jetzt oder nie! Sie drehte den Schlüssel um und stellte sich mit beiden Füßen auf die rechte Pedale. Erstaunlicherweise sprang das Ding beim ersten Mal an und stieß giftige blaue Dampfwolken aus. Imke setzte sich auf das Mofa, jetzt musste es nur noch vom Ständer.

Aber das schaffte sie nicht, dazu fehlte ihr einfach die Kraft.

Das war es wohl.

Trotzdem, noch ein Versuch.

Imke verlor das Gleichgewicht, und wie von allein rutschte das Mofa vom Ständer und fuhr mit ihr aus dem Schuppen. Hätte sie nicht das blanke Entsetzen gepackt, wäre das eine lustige Slapstick-Einlage gewesen. *Meine Oma fährt im Hühnerstall Motorrad.* Zum Glück fand sie nach ein paar Metern das Gleichgewicht wieder und schnurrte jetzt über eine schmale Nebenstraße zwischen üppig wuchernden Maisfeldern Richtung Marsch.

Der Himmel war immer noch bedeckt, aber es regnete nicht. Dieses Wetter war ein echtes Geschenk. Und auch die Strecke war dankbar, es ging meistens stur geradeaus. Über ihr brummte ein kleines Flugzeug Richtung Sylt. Imke klammerte sich krampfhaft an den Gasgriff und durchfuhr eine Schilfallee mit schlanken, hellen Halmen, die im Wind raschelten und bald von einer Hecke abgelöst wurden, in der glutrote Hagebutten leuchteten. Dann schoss sie auf eine kilometerweite freie Fläche mit sattgrünen Kuh- und Pferdeweiden zu. Sie ließ Oldsum rechts liegen und preschte auf der geraden Straße voran. Kurz vor Midlum passierte sie die Brücke über den kleinen Kanal, zehn Minuten später stand sie vor dem Friesenhaus, in dem Gerald Brockstedt wohnte. Ihr Handgelenk schmerzte noch etwas vom Gasgriff, aber sie hatte es geschafft!

Das Haus war umgeben von einem Rosengarten und einem perfekt gestutzten Rasen, der fast so glatt wie ein

Teppich aussah. Vor der grün lackierten Eingangstür kniete eine Frau mit dunklen Haaren und einem ausgebleichten lila T-Shirt, Geralds Frau Wiebke. Sie rupfte Moos und Unkraut zwischen den Pflastersteinen auf dem Bürgersteig heraus, was genau genommen Aufgabe der Gemeinde war.

Imke atmete tief durch: Jetzt ging es los! Den Motor stellte sie lieber nicht ab, sonst würde sie das Mofa nie wieder in Gang bekommen.

«Moin, Wiebke. Hört nie auf, die Sauarbeit, was?»

Wiebke kam hoch und stützte dabei ihren Rücken, wie es Schwangere tun.

«Moin, Imke.»

«Ist Gerald da?»

«Der ist angeln im Hafen – eilt es?»

Imke winkte lässig ab: «Ach was.»

Pech gehabt, jetzt musste sie noch weiter fahren. Sie spürte, dass ihre Kräfte zu schwinden begannen.

«Lass dich bloß nicht von meinem Mann erwischen», sagte Wiebke.

«Wieso?»

«Ohne Helm und ohne Kennzeichen?»

«Och ...»

Imke verabschiedete sich und tuckerte auf die Midlumer Dorfstraße. Inzwischen war es unglaublich schwül, es ging bestimmt auf dreißig Grad zu. Schweißtropfen liefen ihr in die Augen, aber sie traute sich nicht, sie abzuwischen, denn dafür hätte sie kurz den Lenker loslassen müssen. Als sie auf einem Verkehrsschild die Warnung vor spielenden Kindern sah, betete sie, dass ihr keines in den Weg lief, denn Ausweichmanöver befanden sich nicht in ihrem Repertoire. Der Himmel verdüsterte sich zusehends, sie musste sich beeilen.

Im Sportboothafen angekommen, sah sie Hunderte von

Segelmasten steil in den Himmel ragen, dahinter legten die schweren, großen Fähren aus Dagebüll und Amrum an. Gegenüber befanden sich das Gebäude der W.D.R.-Reederei mit seiner Glasfassade und einige Buden, an denen Fischbrötchen und Kuscheltiere verkauft wurden.

Jetzt entdeckte Imke Brockstedt. Er saß mit seiner Angel in der Hand auf der Kaimauer und starrte aufs Wasser. Seltsam, dass er sich ausgerechnet diesen Platz ausgesucht hatte, von wo aus er das Polizeirevier im Blick hatte – war *das* gut, um Abstand zu gewinnen? Oder konnte er einfach nicht loslassen? Zumal es um ihn herum von Touristen wimmelte. Am Deich wäre es deutlich ruhiger gewesen. Maria hatte mal behauptet, dass Brockstedt nur angelte, um nicht von seiner Frau zur Gartenarbeit genötigt zu werden, Fische interessierten ihn eigentlich nicht die Bohne. Warum suchte er sich dann nicht ein Hobby, das ihm Spaß machte?

Um Ärger zu vermeiden, parkte Imke das Mofa ein paar Meter entfernt hinter einem Schuppen. Dann ging sie langsam zu Brockstedt und ließ sich neben ihm auf dem Kai nieder. Ein echter Kraftakt.

«Na?», sagte sie.

Brockstedt grummelte eine mäßig-freundliche Mischung aus «Moin» und «hmmh» – was verständlich war: Angeln ging man nicht, um zu quatschen, sondern um *nicht* zu quatschen.

«Und?»

«Frag ich dich.»

Natürlich musste ihm klar sein, weswegen sie gekommen war.

«Wird ja viel geredet», sagte sie nach einer Weile.

«Jo.»

Beide starrten stumm ins Hafenbecken.

Das Gute an Gesprächen mit Föhrern war, dass man zwischendurch auch mal gar nichts sagen durfte. Man konnte in Ruhe zu Ende denken und dann weiterreden. Eine Pause nahm einem keiner übel. Jetzt riss eine riesige Sturmmöwe mit ihrem Geschrei sie abrupt aus ihren Gedanken.

«Föhr ist ja zum Glück weit weg vom Festland», murmelte Imke.

«Weiter, als man denkt», bestätigte Brockstedt, was sie als kleines Entgegenkommen wertete.

«Ich wundere mich oft über die Strafen auf dem Festland», sagte sie.

«Zu lasch?» Brockstedt warf seine Angel aus und kurbelte an der Rolle.

«Weiß nicht. Was für den einen eine Strafe ist, ist für den anderen gar nicht so schlimm. Manche nehmen eine Bewährung wie einen Freispruch.»

«Wohl wahr.»

«Denen sollte man besser den Führerschein wegnehmen oder so etwas. Das trifft sie viel mehr.»

Brockstedt nickte. «Geht aber nicht, rein rechtlich.»

«Schade.»

«Jo.»

Imke schaute in den Himmel. Der Regen war fast schon zu riechen, sie musste auf den Punkt kommen.

«Auf Föhr ist ja immer die Frage: Geht es nach Festlandsrecht oder nach Inselrecht?»

Brockstedt warf ihr einen strengen Blick zu: «Wir gehören hier genauso zu Deutschland wie Bayern.»

«Na ja …»

«Nee, dat is so!»

Imke wusste, dass Brockstedt es nicht so meinte. Zu den ungeschriebenen Spielregeln der friesischen Diplomatie gehörte es, die Dinge nicht direkt anzusprechen. Sie rutschte etwas näher an ihn heran.

«Was ist denn die schlimmste Strafe für einen ganz normalen Menschen?»

Brockstedt überlegte einen Moment. «Nackt über die Straße laufen?»

Imke brummte zufrieden. «Ganz genau.»

«Und? Zu Hause alles gesund?», fragte sie nach einer Pause, obwohl sie ja direkt von seiner Frau kam. Brockstedt erzählte ihr von der Gartenarbeit, die nicht vorankam, weil er lieber angeln ging. Imke deutete auf seine Angelrolle, um das Gespräch harmonisch abzuschließen:

«Neu?»

«Kennst du dich aus mit Rollen?»

«Ein bisschen», behauptete sie, was glatt gelogen war.

«Das ist eine Heckbremsenrolle, Cormoran Bull Fighter. Die mag ich am liebsten, lässt sich fein einstellen, und das Getriebe läuft satt und rund. Drei Stahlkugellager, Longlife Bügelfeder, ergonomischer Kurbelknauf, guck mal, wie die in der Hand liegt, die ist perfekt.»

Nur einen Fisch hast du damit nicht gefangen, dachte sie. Die dunkle Wolke war schneller gekommen als erwartet, die ersten Tropfen fielen schon vom Himmel.

«Ich muss denn mal wieder», sagte Imke.

Brockstedt half ihr hoch und fischte sein Regenzeug aus seinem Rucksack.

«Ach, Imke», sagte er. «Was ich dir noch sagen wollte ...»

«Ja?»

Bitte nicht noch mehr Fakten aus der Anglerwelt!

«In deiner Familie braut sich was zusammen.»

Imke sah ihn erstaunt an.

«Wieso? Was denn?»

«Sönke, Regina und Arne haben in Utersum am Strand getagt. Wegen dir.»

«Sagt wer?»

«Jan von der DLRG, der hat sie zusammen in den Strandkörben gesehen.»

«So? Und was schnacken die so?»

«Vielleicht solltest du mal nachdenken, ob Christa und Ocke die Richtigen zum Zusammenwohnen sind.»

Was hatte das nun wieder zu bedeuten?

«Wie bist du hier?», fragte Brockstedt unvermittelt.

«Mit dem Bus.»

«Na, denn.»

Das Hafenbecken wurde jetzt von kleinen Wassertropfen gesprenkelt, die immer dichter wurden. Imke wäre am liebsten in das gläserne Gebäude der nahe gelegenen W.D.R.-Reederei *gerannt*, aber das war nicht drin. Also stakste sie Schritt für Schritt auf das Gebäude zu und versuchte den Regen zu ignorieren. Später fiel ihr noch das Mofa hinter dem Schuppen ein, aber darum konnte sie sich nun wirklich nicht mehr kümmern.

# 14. Tief im Bauch

Maria und Sönke hatten es sich auf einer Matratze im Wintergarten ihres kleinen Reetdachhauses bequem gemacht. Inzwischen prasselte von oben ein kleines Regen-Inferno auf die Scheiben. Maria lagerte ihren Kopf auf seinem Bauch und lag nun im rechten Winkel zu Sönke.

«Sind deine Kollegen eigentlich immer noch sauer wegen der Fete?», unterbrach Sönke die Wassermusik.

Maria atmete tief ein.

«Die Kollegen nicht, aber Gerald. Der hat die WG-Schlägereien zur Chefsache gemacht und will hart gegen Papa vorgehen.»

Sönke spielte mit seinen Fingern in Marias dunklem Haar.

«Arne wird nichts zu lachen haben.»

«Wahrscheinlich denkt er, mit ein bisschen Gelaber kommt er da raus.»

«Wann ist die Anhörung?»

«Am Dienstag.»

«Solltest du nicht doch noch mal mit Brockstedt reden?»

Sönke spürte, wie Maria auf seinem Bauch den Kopf schüttelte.

«Mein Vater ist alt genug, um für sich selbst zu sorgen.»

«Na ja, er kommt ja bald ins Rentenalter, da braucht er vielleicht Hilfe.»

Maria lachte. «Das sag ihm mal.»

Tatsächlich hielt sich Arne für mindestens fünfzehn Jahre jünger und gab sich immer betont jugendlich. Das hatte er wohl von seiner Mutter geerbt.

«Mann, wann haben wir das letzte Mal so wild gefeiert?», seufzte Maria.

«Und das auf einem Achtundsiebzigsten, das gehört ins Geschichtsbuch.»

«Du musst trotzdem mit Christa wegen Oma reden, da hat Regina ausnahmsweise mal recht.»

«Oma ist im Augenblick so was von klar, da sehe ich keine Probleme.» Dass er ihre Sorge insgeheim teilte, behielt er lieber für sich.

«Das kann sich jeden Tag ändern. Es geht ja nur darum, dass sich Christa verantwortlich fühlt, wenn Oma sie braucht.»

«Am besten, ich fahre direkt zu ihr.» Sönke richtete sich auf und schaute auf seine Uhr. «Sie müsste jetzt zu Hause sein.»

Maria streichelte über seinen Nacken. «Bleib noch einen Moment, Sönke.»

«Wenn ich jetzt nicht fahre, mache ich es nie.» Sönke ließ sich wieder auf den Rücken sinken und beobachtete den Tropfenteppich über sich.

«Wie das wohl wird, wenn wir alt werden?», fragte Maria.

«Wie kommst du jetzt darauf?»

«Weiß nicht, vielleicht wegen Oma.»

«Ich glaube, wenn man einfach nur alt ist und einigermaßen gesund, ist es gar nicht schlimm.»

«Wenn bloß nicht dieser dusselige Tod wäre. Ich meine, wenn man alt ist, kann man nicht mehr sagen, irgendwann sterbe ich mal, sondern dann stirbt man sehr bald. Und das Gleiche erlebt man bei seinen besten Freunden, die sterben einer nach dem anderen weg.»

«Es gehört dazu, leider.»

«Was es nicht verständlicher macht.»

«Ich möchte auf keinen Fall verbrannt werden», sagte Sönke.

«Wieso nicht?»

«Vielleicht können sie aus meinen Knochen noch ein paar Nägel machen, dann sind sie wenigstens noch zu was nutze, das würde mir gefallen.»

«Kannst du dir vorstellen, achtundsiebzig zu sein wie Oma?», fragte Maria.

«Nicht wirklich. Aber ich konnte mir mit zwanzig auch nicht vorstellen, siebenunddreißig zu sein.»

«Und, wie ist es?»

«Perfekt.»

«Echt?»

«Ja, und bei dir?»

«Auch gut – das heißt: noch.»

«Wieso das? «

«Zu dritt wird es hier etwas eng werden.»

«Hmmh.»

Sönke spürte eine unendliche Leere in sich.

Marias Worte verloren sich im Raum.

Und kamen nach einer Sekunde wie ein Echo wieder: Was hatte sie da gesagt? Wenn es *das* war, dann war es wichtiger als alles andere in seinem bisherigen Leben.

«Was war das eben?», fragte er. Bestimmt hatte er sie falsch verstanden.

«Sönke?»

Sönke bekam einen trockenen Mund: «Ja?»

Maria lachte und schrie mit strahlenden Augen wie eine Irre los: «Jaaaaaaa!»

Sönke umarmte sie heftig, es ging alles durcheinander, schreien, juchzen, heulen, lachen.

«Wir bekommen ein Kind. Ein Baby. Wahnsinn. Wir werden Mama und Papa!» Maria lächelte das entrückteste, schönste Lächeln, das Sönke je in ihren Augen gesehen hatte.

«Seit wann weißt du es?»

«Seit zehn Minuten.»

«Wie?»

Maria führte ihn ins Schlafzimmer, wo der Schwangerschaftstest noch lag, und hielt ihn ihm stolz vor die Nase.

«Irrtum ausgeschlossen?»

«Ich muss noch zum Arzt, aber ich fühle es auch, ich bin schwanger.»

«Heute Morgen hast du noch gesagt, es kann nicht sein.»

«Jetzt bin ich ganz sicher.»

Sönke legte seine Hand auf Marias Bauch: «Junge oder Mädchen?»

«Es wird ein Mädchen.»

«Oder ein Junge.»

«Nein, es wird ein Mädchen.»

«Das wird sich zeigen.»

Maria schüttelte den Kopf: «Bei uns in der Familie wissen die Frauen, was sie bekommen. Das ist eine Fähigkeit, die man nicht erklären kann.»

«Also Mädchen.»

«Ich finde, sie soll Imke heißen.»

«Zumindest mit zweitem Namen.»

«Abgemacht, und der erste Name?»

«Anna.»

«Anna Imke Riewerts.»

«Okay.»

Sönke wusste gar nicht, wohin mit sich, er wollte bei Maria sein und gleichzeitig durch den Raum springen. Alles würde jetzt anders werden. Vor einem Jahr war ihre fünfzehnjährige Grufti-Cousine Jade aus Frankfurt bei ihnen zu Besuch gewesen, da hatten Maria und er schon mal das Elternsein geübt – mit gnadenlosen Niederlagen, das musste er zugeben. Aber mit dem eigenen Kind würde es ganz anders werden!

«Sagen wir es den anderen?»

«Lass uns noch warten.»

«Nicht mal Oma?»

«Bitte, das hat doch Zeit.»

«Mensch, am liebsten würde ich mich jetzt mit dir besaufen!»

Maria breitete entschuldigend die Arme aus. «Das ist für mich ab jetzt die falsche Ansage.»

Dann nahmen sie sich fest in den Arm und ließen sich den ganzen Tag nicht mehr los. Zu Christa konnte er auch noch morgen fahren.

# 15. Frauen bringen Unglück

Der Warteraum der W.D.R.-Reederei war voller Touristen, die in den ausliegenden Zeitschriften und Katalogen blätterten. Imke war nass geworden, aber es machte ihr nichts aus. Mit dem Regen hatte sie sich angefreundet, sonst hätte sie nicht ihr ganzes Leben auf Föhr verbringen können. Nun wartete sie, bis sich der Himmel wieder aufklarte, dann wollte sie mit dem Bus nach Hause fahren.

Ein junger Mann neben ihr hatte auf seinem Laptop den Regenradar des Wetterdienstes eingestellt und verfolgte, wie die Wolke Richtung Festland abzog. Was heutzutage alles möglich war! Imke ließ es sich dreimal erklären, war aber am Schluss genauso schlau wie zuvor. Sie schnappte sich einen der ausliegenden Kataloge und studierte das Angebot an Piratenfahrten, Insel- und Hallighopping sowie Kurzflügen nach Sylt. Es gab wahlweise «Sylt Royal» mit dem Bus, Schiffstörns zu den Seehundbänken, nach Amrum, auf die Hallig Gröde, die Hallig Langeneß und natürlich auf die Hallig Hooge mit dem Königspesel, einer alten Friesenstube aus dem 18. Jahrhundert. Imke hielt die rechte Katalogseite mit der Hand zu und versuchte sich zu erinnern: Hatte der dänische König Friedrich VI. dort in der Nacht vom 2. auf den 3. Juli 1825 wegen einer Sturmflut übernachtet? Diese Jahreszahl musste zu ihrer Schulzeit jedes Insulanerkind im Schlaf kennen, als ob es nichts Wichtigeres auf der Welt gab. Imke nahm die Hand wieder weg, die Zahl stimmte. So schlecht konnte es um ihr Gedächtnis nicht stehen.

Ihre Gedanken schweiften zu Brockstedt. Hoffentlich hatte sie Arne vor dem Knast bewahren können. So chaotisch die Familie Riewerts auch manchmal war, im Gefängnis hatte noch niemand von ihnen gesessen, und das wollte Imke auf ihre alten Tage nicht noch erleben. Zum Glück liefen die Uhren auf der Insel manchmal etwas anders – in diesem Fall allerdings nur, wenn Brockstedt es wollte.

Als die Regenwolke endlich Richtung Festland abgezogen war, kam die Sonne raus. Erst etwas zögerlich, dann immer entschlossener. Imke machte sich auf zur Bushaltestelle, die sich direkt vor dem W.D.R.-Gebäude befand, und erwischte einen Sonderbus nach Dunsum. Dort angekommen, empfing sie ein fröhlicher, warmer Wind, der am wolkenlosen Himmel von Sylt herüberzog. Am liebsten wäre sie zum Deich getapert, um einen Blick aufs Watt zu werfen, aber sie wollte es nicht übertreiben. Es waren allein die Tabletten, die ihr diese Tour ermöglicht hatten, jetzt sollte sie ihr Schicksal besser nicht mehr herausfordern. Also schlenderte sie die wenigen Meter zum Haus, das wie eine schlafende Schönheit in der Nachmittagssonne lag. An den verschiedenen Rotfärbungen der Steine erkannte man deutlich, dass die Wände zu unterschiedlichen Zeiten ausgebessert worden waren.

Draußen war niemand zu sehen, obwohl Ockes Taxi mit geöffnetem Kofferraum vor der Tür stand. Was sollte das? Ocke war eigentlich immer draußen, im Winter legte er sich sogar mit einem Mumienschlafsack auf die Terrassenliege, um Mittagsschlaf zu halten.

Sie betrat das Haus und ging über den schattigen Flur

in die Küche. Es war nichts zu hören, Ocke und Christa schienen nicht da zu sein. Sie setzte ihre Brille auf, gab ein paar gehäufte Löffel Kaffeepulver in die Kaffeemaschine, füllte Wasser ein und stellte sie an. Ein starker Bohnenkaffee würde ihr guttun. Erst als sie sich an den Küchentisch setzen wollte, fiel ihr auf, dass vor der Anrichte mindestens ein Dutzend Umzugskartons standen.

Was hatte das zu bedeuten?

Plötzlich hörte sie ein Geräusch aus Ockes Zimmer. Er war also doch da? Sie ging hin und blickte auf das pure Chaos. Ocke hatte all seine Bücher kreuz und quer auf den Boden geworfen und war gerade dabei, sein Regal von der Wand zu schrauben. Das Foto von der Gorch Fock lag neben dem Schreibtisch auf dem Boden. Ohne nachzudenken, stürmte Imke auf ihn zu und warf sich ihm um den Hals. Nirgendwo fühlte sie sich sicherer als in den Armen ihres starken Mitbewohners, der immer einen festen Stand zu haben schien. Eigentlich wollte sie ihm beichten, dass sie sich, ohne ihn zu fragen, sein Mofa geliehen hatte, aber zuerst musste die gute Nachricht raus.

«Stell dir vor, ich war eben mit Brockstedt angeln.»

«So?»

«Mit Glück habe ich damit Arne bei der Polizei rausgehauen.»

«Sehr gut.»

«Mehr nicht? Kein Wort der Anerkennung? So etwas wie, ‹Hey, Imke, wie hast du das hinbekommen?›?»

Ocke schaute sie traurig an. «Hast du gut gemacht.» Er faltete einen Umzugskarton auf und legte seine Wetterstation behutsam hinein.

«Du hast doch erst gerade renoviert», wunderte sich Imke.

Ocke legte mehrere Lagen Zeitungspapier über die Wetterstation und packte darüber seine messingfarbene Tischlampe mit dem Zugschalter aus einer Perlmuttkette aus Malaysia.

«Ich ziehe aus.»

Imke hörte die Worte wohl, konnte sie aber nicht glauben.

«Nein.»

Ocke schraubte weiter an seinem Regal herum.

«Tut mir leid, es geht nicht anders.»

«Warum?»

Sie nahm das Bild von der Gorch Fock in die Hand, stellte es mit der Rückseite nach vorne. Irgendetwas stand dort geschrieben. Sie setzte ihre Brille auf und konnte nun deutlich Ockes Thesen lesen:

WAS GAR NICHT GEHT:
(1) Nach jedem Duschen bleiben Schamhaare im Abfluss!
(2) Versucht ihr, Pilze in gebrauchten Kaffeebechern zu züchten, die ihr auf dem Dachboden lagert?
(3) Holzbrettchen bekommen Risse, wenn sie nass werden. Sie haben nichts in der Spülmaschine zu suchen!
(4) Meine Zeichenstifte verleihe ich gerne – wenn man mich fragt!

Imke nahm die Brille ab und schaute Ocke stirnrunzelnd an.

«Deswegen?»

«Nee», murmelte Ocke.

«Von den Schamhaaren in der Dusche habe ich nicht mal etwas geahnt!»

Ocke schüttelte den Kopf: «Es hat nichts damit zu tun.»

«Geld oder Liebe?», Imke nahm ihm den Schraubenzieher aus der Hand.

Da Ocke ihrem Blick auswich, lag die Lösung auf der Hand.

«Also Liebe.»

Ocke nahm den Schraubenzieher wieder an sich, setzte sich mit verschränkten Armen auf die Couch und schaute unglücklich aus dem Fenster. Draußen war bestes Sonnenwetter, viel zu schade, um trübe in der Bude zu sitzen.

«Kenne ich sie?», fragte Imke.

Ocke nickte.

«Wer?»

Ocke verschränkte die Arme vor dem Bauch. «Sage ich nicht!»

«Wer?»

«Ist doch egal.»

«Lass mich raten – Rita vom Edeka-Markt in Utersum?»

Rita war die attraktive fünfzigjährige Kassiererin mit dem riesigen Busen, mit der Ocke an der Kasse gerne mal einen Klönschnack hatte. Nach großer Liebe hatte das für sie nicht ausgesehen. Aber selbst wenn, war das ein Grund auszuziehen?

«Christa.»

Imkes Augen flackerten begeistert auf: «Du hast dich in Christa verliebt?»

«Wehe, du sagst es ihr, Imke! Hast du gehört?»

Imke strahlte. «Wie toll!»

Ocke haute wütend mit der Hand auf die Armlehne seines roten Sofas.

«Was soll daran toll sein? Du hast doch selbst mitbekommen, dass Christa einen anderen hat. Der mit dem Köter. Sie hat ihn auf der Party geküsst, direkt auf den Mund!»

«Er war auf unserer Party? Da war ich wohl schon im Bett.»

«Ja. Und weißt du, wer es ist? Unser Vermieter, Stefan Petersen. Kommt aus Hannover und greift hier unsere Frauen ab.»

Das hatte Imke nicht erwartet. Ausgerechnet Petersen,

dieser Angeber. Sie ließ sich ihr Entsetzen aber nicht anmerken.

«Na und? Woher willst du wissen, dass der Kuss ernst gemeint war?»

Ocke sah schwermütig aus dem Fenster.

«Frauen bringen nur Unglück.»

«Aber nur an Bord, dachte ich. – Und wie geht es nun weiter?»

«Jetzt kommen die üblichen Wochen mit zu viel Alkohol. Dann reiße ich mich wieder zusammen und mache Sport. Im besten Fall bin ich in einem halben Jahr durch mit der Sache. So war das mein ganzes Leben lang, da drin hab ich Routine.»

«Wenn das so klar ist, warum willst du dann ausziehen?», fragte sie spitzfindig. Selbstmitleidige Männer reizten sie immer zur Boshaftigkeit, dagegen konnte sie nichts machen.

«Tür an Tür mit ihr habe ich keine Chance, sie zu vergessen.»

Seine Liebe zu Christa erzeugte offensichtlich mehr Ängste als alle Orkane auf hoher See zusammen, Imke war beeindruckt. Natürlich wollte sie ihm helfen – aber wie?

«Du weißt doch gar nicht, was mit Petersen wirklich ist! Wenn Christa mit ihm zusammen gewesen wäre, hätte sie ihn ja wohl von Anfang an auf der Party dabeigehabt und ihn offiziell als ihren Freund ausgegeben, oder?»

Es war ein Versuch. Imke war aber nicht sicher, ob Ocke sie überhaupt gehört hatte.

«Weißt du, heute Mittag waren Christa und ich richtig zusammen», murmelte er abwesend, «also vielleicht nicht ganz, aber kurz davor. Wir haben noch zusammen die letzten Reste der Party aufgeräumt, und jedes Mal, wenn sie mir über den Weg lief, hat sie mich angelächelt. Das habe ich dann wieder als Hoffnungszeichen gesehen. Als wir mit dem

Putzen fertig waren, haben wir sogar einen Piccolo zusammen auf der Terrasse getrunken.»

Imke klatschte begeistert in die Hände.

«Das klingt wunderbar! Besser könnte es doch gar nicht sein.»

Ocke schüttelte den Kopf.

«Es war alles Illusion. Nach dem Sekt verschwand Christa im Bad und kam geföhnt und geschminkt wieder heraus. Sie hatte sich schick gemacht – für ihren Lover.»

«Woher willst du wissen, dass sie zu ihm wollte?»

«Ich Idiot habe sie sogar zu ihm gefahren.»

Und dann erzählte Ocke ganz leise, wie Christa neben ihm in seinem alten Mercedes-Taxi gesessen hatte. Und hellwach und erwartungsvoll auf die Gräser und Bäume geschaut hatte, die vom Wind in alle möglichen Richtungen geweht wurden. Wie sie die Beifahrerscheibe heruntergekurbelt und ihren Kopf immer wieder herausgehalten hatte, um die frische Luft zu inhalieren – ohne Rücksicht auf ihre Frisur.

So hatte Imke Ocke noch nie erlebt. Es stand ihm hervorragend, verliebt zu sein.

«Ich wäre vor Verzweiflung am liebsten gegen einen Baum gefahren.»

«Wo hast du sie denn abgesetzt?»

«Am Wyker Tennisplatz.»

Jetzt schleuderte Ocke den Schraubenzieher in eine Zimmerecke und schaute Imke mit Bernhardinerblick an.

«Meine Entscheidung steht fest, Imke, ich mach die Biege.»

Imke schüttelte den Kopf. «Kommt nicht in Frage!»

«Doch.»

«Das ist kindisch.»

«Und wenn.»

«Wieso kämpfst du nicht wie ein richtiger Mann?»

«Weil ich längst verloren habe.»

«Das weißt du erst, wenn du auf dem Tennisplatz warst.»

«Wie bitte?»

«Was hast du zu verlieren?»

Eigentlich war ihr das nur so rausgerutscht. Aber vielleicht war es gar keine schlechte Idee.

«Niemals!», stöhnte Ocke.

«So ein Bussibussi auf einer Fete muss doch gar nichts bedeuten. Aber das kannst du nur rausfinden, wenn du hinfährst.»

Er sah sie zweifelnd an, aber sie hatte das Gefühl, er war am Haken. Klar war, dass wenn Ocke ihrem Plan folgte, er das nur in ihrer Begleitung tun würde. Sie musste sich ein weiteres Mal aufraffen. Dabei hatte der Tag sie bis jetzt schon viel zu viel Kraft gekostet. Aber sie konnte Ocke jetzt nicht hängenlassen, außerdem war dies die letzte Chance, ihre Dreier-WG zu retten. Und es lag ihr sehr viel daran, weiter mit Ocke und Christa in dem alten Ziegelhaus hinterm Deich zu wohnen. Mit Hilfe des pharmazeutischen Hilfsmotors von Dr. Behnke würde sie es schon irgendwie schaffen. Medizinisch grenzte das nicht an Drogenmissbrauch, es war einer! Egal, danach würde sie sich ein paar Tage Ruhe gönnen. Apropos Hilfsmotor... Aber das mit dem Mofa hatte noch Zeit.

«Mach dich fertig, ich begleite dich. Keine Widerrede!», befahl sie und verschwand in ihrem Zimmer, um sich für die bevorstehende Fahrt zu stärken.

# 16. Göttliches Spiel

Ocke packte die blanke Angst, wenn er daran dachte, was ihm bevorstand. Da konnte er sonst noch so stark und fit sein, jemand hatte den Stecker bei ihm gezogen, und seine gesamte Energie sackte auf einmal Richtung null. In der Marsch hinter Süderende vermochte sein Auge keinen festen Punkt mehr zu finden, das Museum Kunst der Westküste in Alkersum zog als undeutliche weiße Wand an ihm vorbei. Normalerweise hätte er in diesem Zustand gar nicht fahren dürfen, und schon gar nicht mit Imke an Bord. Es ging gerade so gut.

Auf dem kleinen Parkplatz im Wyker Rugstieg inmitten eines schattigen Kiefernwäldchens hielt er an. Direkt neben ihm stand der schwarze Geländewagen, dessen Kennzeichen er auswendig kannte: NF-SP 23. Es war dasselbe Auto, das nachts vor ihrem WG-Haus in Dunsum gestanden hatte.

Plötzlich erinnerte er sich daran, wie er hier vor sechzig Jahren beim Einpflanzen der zarten Schößlinge dieser Bäume zugesehen hatte. Da war er gerade in die zweite Klasse gekommen und wollte Düsenjägerpilot werden. Jetzt stand er an derselben Stelle und blickte wehmütig zurück. Was hatte er erreicht? Hatte er seine Chancen auf ein gelungenes Leben verspielt?

«Ich bleibe im Wagen», keuchte er.

Er hätte sich niemals zu diesem ganzen Schwachsinn überreden lassen dürfen. Was sollte er denn tun? Christa zur Rede stellen? Sich mit Petersen duellieren?

«Ich kann das nicht alleine durchziehen, Ocke, dazu reicht meine Kondition nicht.» Imke sackte in ihrem Sitz zusammen.

Er startete den Motor. «Umso besser, fahren wir zurück.»

Jetzt schoss Imke mit überraschender Energie aus dem Sitz wieder hoch und war anscheinend voll auf Sendung.

«Mach den Motor aus, dann gehe ich alleine», schnarrte sie entschlossen.

Ocke bekam ein schlechtes Gewissen. Was war, wenn Imke im Wald etwas passierte? Einmal stolpern, Oberschenkelhalsbruch, Lungenentzündung, dann Exitus, so etwas hatte er wer weiß wie oft gehört. Konnte er das verantworten?

«Also gut.» Er schaltete den Motor ab, stieg aus und half Imke aus dem Wagen.

Sie hakte sich bei ihm ein, und so schritten sie langsam auf das Waldstück zu, in dem der Tennisplatz lag. Es war etwas beschwerlich, die Äste schlugen ihnen ins Gesicht, aber nach wenigen Minuten standen sie am haushohen Drahtzaun des Tennisplatzes, der zusätzlich mit einem halb durchsichtigen dunkelgrünen Gazenetz geschützt war. An einer Stelle war das Netz aufgeschlitzt, sodass sie von dort freien Blick auf den Tennisplatz hatten.

Ocke entdeckte Christa sofort. Sie saß alleine in dem kleinen Café neben den Spielfeldern, vor ihr standen zwei große Gläser Mineralwasser. Zwei mittelalte Herren mit kugelrunden Bäuchen traten gerade am Court gegeneinander an. Die Abendsonne brutzelte immer noch erbarmungslos auf den gewalzten Sand, die Männer schwitzten wie wahnsinnig und spielten das langsamste Tennis, das nach den Gesetzen der Schwerkraft überhaupt möglich war. Die beiden würde selbst er vom Platz fegen, obwohl er gar kein Tennis konnte, dachte Ocke.

Kurze Zeit später kam Petersen an Christas Tisch: schlank, dynamisch, braungebrannt. Seine Haare waren leicht gelockt, ohne eine Spur Grau. Er funkelte Christa mit seinen großen Augen an.

«Gegen den komme ich niemals an!», stöhnte Ocke.

«Jetzt steiger dich da nicht so rein», rief Imke. «Das sehe ich auf einen Blick, dass das rein platonisch ist!»

In diesem Moment küsste Petersen Christa auf den Mund – mit Zunge. Christa schmolz dahin wie ein Stück Schokolade in der Sonne.

«Ich will hier weg», jammerte Ocke.

«Geh du schon vor. Ich will noch zuschauen, wie sie spielen.»

Ocke blieb wie angewurzelt neben Imke stehen, obwohl er selbst nicht wusste, warum er sich das antat. Die beiden älteren Herren hatten inzwischen aufgegeben und Christa und Petersen den Platz überlassen. Christa gab alles, sie pfefferte Petersen die Bälle nur so um die Ohren. Sie war in der Lage, ihre gesamte Energie auf einen Punkt zu konzentrieren, was den Altersunterschied zwischen den beiden locker ausglich. Bald lag Petersen hoffnungslos zurück. Er lächelte tapfer, aber Christa spürte offensichtlich, dass ihm nicht wohl dabei war. Also ließ sie ihn aufholen, verschlug einen Ball nach dem anderen, als sei ihre Kraft erschöpft.

«Typisch Frau», kommentierte Imke verärgert.

«Wieso? Weil sie verliert?»

«Es genügt Christa zu wissen, dass sie besser ist. Sie muss es ihrem Gegner nicht noch unter die Nase reiben.»

Petersen zeigte eine triumphale Freude daran, Punkt für Punkt aufzuholen, und plötzlich sahen seine Bewegungen ganz mühelos aus. Dagegen kam sich Ocke vor wie ein Klotz. Den letzten Punkt holte Petersen mit einem filmreifen Volley vom Netz aus und warf seinen Schläger in die Luft, was wohl mehr als Parodie gemeint war.

Plötzlich sank er mit schmerzverzerrtem Gesicht zu Boden. Ocke erhoffte instinktiv das Schlimmste für ihn: Herzinfarkt, Schlaganfall – Hauptsache, er verschwand aus Christas Leben. Dann könnte er, Ocke, Christa trösten, und sie würde entdecken, dass sie eigentlich schon immer Gefühle für ihn gehabt hatte. Pfui, das ist nicht nett, Ocke, ermahnte er sich, normalerweise bist du gar nicht so schlecht!

Christa hielt Petersens Abgang wohl erst für einen Scherz, aber als er gar nicht mehr aufstehen wollte, rannte sie zu ihm. Er lag am Spielfeldrand in der prallen Sonne. Christa eilte zum Platzwart, der ihr einen Beutel mit Eis zum Kühlen gab. Sie legte Petersen das Eis auf die Schulter und half ihm, sich langsam aufzurichten.

«Es gibt also doch einen Gott!», freute sich Ocke.

«Ocke!», tadelte Imke mit hochgezogener Augenbraue.

Als Christa nun mit dem humpelnden Petersen unterm Arm in ihre Richtung kam, machten sich Ocke und Imke rasch davon. Sie mussten unbedingt vor den beiden am Auto sein.

Ocke schaltete die Zündung des Uraltdiesels an, blöderweise dauerte es quälende Sekunden, bis er den Motor starten konnte. Er schaffte es, kurz bevor Christa und ihr Lover den Parkplatz erreichten, im Rückwärtsgang auf den Rugstieg und blieb dort stehen. Von hier aus konnte er beobachten, wie Christa ihre und Petersens Sporttasche auf den Rücksitz seines Geländewagens warf. Petersen gab ihr seinen Schlüssel, sie setzte sich auf den Fahrersitz. Ocke ahnte, was es bedeutete, wenn ein Mann wie Petersen das Steuer abgab: Dann war es wirklich ernst!

Schneller als erwartet rumpelte der schwarze Geländewagen direkt auf das parkende Taxi zu. Imke und Ocke tauchten tief in die Sitze. Der Geländewagen rauschte an ihnen vorbei.

«Ich fahre jetzt nach Hause», sagte Ocke nach einer Pause. «Ich will heute noch mit dem Packen fertig werden.»

## 17. See-Neurotiker

Inzwischen ging es auf Sonnenuntergang zu. Ocke war eigentlich ein besonnener Fahrer, aber auf dem Rückweg peitschte er den alten Diesel auf hundertzwanzig. Er würde seine Koffer packen und noch heute Abend in ein Hotel aufs Festland ziehen. Auf Föhr wurde das nichts mehr mit ihm. Selbst wenn er sich eine andere Wohnung nahm, würde er Christa und Petersen auf der Insel andauernd begegnen.

Undenkbar.

Vor einigen Jahren hätte die Lösung für ihn auf der Hand gelegen: Er wäre auf große Fahrt gegangen, möglichst weit weg, nach Südamerika oder China. Heute würde es aufs Festland hinauslaufen – bloß wo? Bayern vielleicht, oder Österreich, Schottland könnte ihm auch gefallen, doch das war zu teuer.

«Hast du eine dringende Verabredung, oder was?», erkundigte sich Imke, als die Tachonadel über hundertdreißig ging – ziemlich riskant für die schmale Landstraße.

«Mein Leben lang war ich für Frauen nur der Kumpel», knurrte er.

«Und was war mit Uschi aus Bremerhaven?»

Die hatte Imke zwar nie kennengelernt, aber Ocke hatte manchmal von ihr erzählt. Ansonsten hatte er nicht viel über sein Liebesleben geredet, und Imke hatte auch nicht nachgefragt.

«Mit Uschi ging das fast ein Jahr. Dann hat sie mich mit meinem besten Freund betrogen, als ich auf großer Fahrt war.»

«Und die käufliche Liebe?»

Obwohl er gerade zwei Autos nacheinander überholte, sah er sie empört von der Seite an: «Also Imke!»

«Schau auf die Straße, bitte.»

«Okay, mit Geld habe ich es zwei-, dreimal probiert. Aber ohne Gefühl funktioniert es bei mir nicht. Eine erbärmliche Bilanz für einen Siebenundsechzigjährigen, oder?»

Imke kratzte sich am Kinn.

«Du musst was tun.»

Ocke lachte bitter auf. «Imke, mal im Ernst! Ich befinde mich auf der Zielgeraden in meinem Leben, was soll sich da noch groß ändern?»

«Noch bist du nicht tot», hielt Imke dagegen.

Ocke ging etwas vom Gas. Sie meinte es nur gut, das wusste er.

«Aber so gut wie.»

«Ach was! Dich muss nur mal jemand auf Kurs bringen. Aber einer, der sich auskennt!»

«Wer bitte sollte das sein? Wo es bisher noch nie geklappt hat?»

Imke schaute Ocke aufmerksam von der Seite an.

«Es gibt jemanden.»

«Eine Wahrsagerin, oder was?»

Imke schüttelte den Kopf.

«Nein, ein Therapeut.»

Jetzt wurde er richtig sauer. «Ich bin doch nicht verrückt!»

«Weißt du's?»

Therapeuten hatte er höchstens mal im Kino gesehen, in

der Großstadt sollten die ja richtig in Mode sein, aber *er*? Deprimiert sah er auf den grauen Asphalt vor ihm. «So weit bin ich also schon, deiner Meinung nach?»

«Besser als Doppelkorn aus der Flasche.»

Ocke nahm eine Hand vom Lenkrad und fuchtelte damit in der Luft herum.

«Selbst wenn, wo soll ich denn so einen Seelenklempner herzaubern, bitte sehr?»

«Es gibt sogar auf Föhr welche.»

«Na, super! Dann sehen mich alle in sein Haus huschen, oder seine Putzfrau ist gerade da, die mich vom Taxi kennt, und schon ist das rum.»

«Das stimmt», sagte Imke. «Besser, du suchst dir einen auf dem Festland.»

Ocke stöhnte auf. «Da kenne ich auch keinen. Und jedes Mal mit der Fähre nach sonst wohin tuckern, ist mir zu teuer. So hoch ist meine Rente auch wieder nicht. Was meinst du, warum ich Taxi fahre?»

«Perfekt wäre ein Psychologe, der dir auf Föhr hilft und dann aufs Festland verschwindet.»

«Vergiss es, wo sollte der herkommen?»

Imke lächelte. «Der Optikerladen in Wyk, in dem Regina arbeitet, wird von Nicole Feddersen aus Oldsum geputzt, die auch Ferienhäuser sauber macht», murmelte sie. «Die hat mal von einem Psychologen aus Essen erzählt, der ein Haus in Goting besitzt. Ich habe den Mann sogar kurz kennengelernt, auf einer Parkbank in Nieblum. Ein smarter Typ, Ende dreißig, hohe Stirn, gute Manieren. Angeblich kommt er jedes zweite Wochenende mit dem eigenen Flugzeug von Essen nach Föhr, er muss also sehr erfolgreich sein.»

«Was erzählst du denn da für ein Zeug?»

«Jetzt fällt mir sein Name wieder ein, Dr. Kohfahl. Das ist dein Mann!»

«Weil du mit ihm auf einer Parkbank gesessen hast?» Das war wieder eine von Imkes Schnapsideen.

«Bieg ab», rief Imke, «wir müssen nach Witsum.»

Ocke zögerte. Einerseits glaubte er nicht an diesen ganzen Psycho-Quatsch, andererseits hatte er tatsächlich nichts zu verlieren, da hatte Imke recht. Also nahm er den Weg nach Witsum über die sogenannte Traumstraße. Konnte es einen schöneren Weg zu einem Seelenklempner geben?

Als Ocke in den schmalen Ual Hiaswai abbog, wurde ihm mulmig zumute. Imke hatte auf der Fahrt ein Nickerchen gemacht und öffnete jetzt die Augen.

«An der nächsten Kreuzung musst du rechts ab», sagte sie.

Es war eine Sackgasse mit dem Hinweis «Keine Wendemöglichkeit». Das Haus von Kohfahl war das letzte in der Straße. Ocke fuhr erst einmal ein paar Meter daran vorbei und stellte den Wagen dann auf einer Wiese ab.

«Ich überleg's mir noch mal.»

«Das ist deine letzte Chance», sagte Imke und stieg aus.

Das riesige Reetdachhaus war an sich schon ein Traum, aber es stand auch noch auf einem der seltenen Hügel auf der Insel. Von der leichten Anhöhe aus schaute man über die Godelniederung und das Wattenmeer auf die Insel Amrum mit dem Leuchtturm in Nebel. Schöner ging es nicht. Dort unten am Wasser hatte Ocke am Donnerstag gestanden, als er vor der Fete geflohen war. Noch während er überlegte, an welchem der beiden Tage er sich schlechter gefühlt hatte, heute oder am Donnerstag, klingelte Imke an der Haustür. Ocke kam sich vor wie ein Volltrottel. Auf einen Samstagabend störte man niemanden, der nur übers Wochenende auf Föhr war, und schon gar nicht mit so einem Kinderkram!

Ein leicht verschlafener Mann öffnete die Tür. Er war barfuß, trug Shorts und ein albernes T-Shirt mit einer Diddl-

Maus. Trotzdem sah er aus wie aus einem Reklame-Katalog, energisches Kinn, volle Haare, selbstbewusster Blick, höchstens Ende dreißig.

Neben seinem guten Aussehen verdient er auch noch viel Geld, dachte Ocke. Manchen schenkte es der Herrgott wirklich im Schlaf ...

«Moin, ich bin Imke Riewerts, ich kenne Ihre Putzfrau Nicole Feddersen um ein paar Ecken. Und wir haben uns schon mal auf einer Bank in Nieblum getroffen. Das ist Ocke Hansen.»

«Moin», grummelte Ocke und blickte zu Boden.

Kohfahl brauchte eine Sekunde, dann erinnerte er sich.

«Richtig», sagte er und lächelte. «Sie haben mir damals geraten, meine Jugend zu verschwenden und bloß nicht zu vernünftig zu werden.»

Imke legte ihren unwiderstehlichen Augenaufschlag auf. «Das soll ich gesagt haben?»

Statt einer Antwort bat Kohfahl sie herein. Er führte sie durch einen langen Flur und ein riesiges Wohnzimmer mit Kamin auf eine windgeschützte Terrasse, wo ein Strandkorb stand. Zahlreiche Bücher und Zeitschriften lagen auf einem großen Holztisch und überall auf dem Boden herum.

«Entschuldigen Sie bitte die Unordnung», sagte Kohfahl, «aber ich lasse mich gerade so richtig gehen.» Er packte ein paar Zeitungen vom Strandkorb auf den Tisch. Erstaunlicherweise hatte er nicht einmal gefragt, worum es ging. Imke musste einen guten Eindruck bei ihm hinterlassen haben. Es war auch besser so, denn sonst hätte er sie bestimmt gleich wieder weggeschickt. Der wollte hier Ferien machen und nicht arbeiten!

Imke setzte sich gar nicht erst hin, sondern kam gleich zur Sache: «Nicole Feddersen hat mir gesagt, Sie sind Psychologe, und ich habe ein Problem.»

Ocke wurde schlecht.

Kohfahl lächelte immer noch.

«Oh, das ist ein Irrtum. Ich arbeite in der Personalabteilung eines Energiekonzerns.»

«Aber Sie haben Psychologie studiert, oder nicht?», fragte Imke.

«Schon, aber das ist ein weites Feld. Was *Sie* suchen, ist ein Therapeut.»

Ocke hatte gleich gewusst, dass dies hier eine Panne-Aktion war. Ihm konnte sowieso keiner von diesen kackschlauen Seelenklempnern helfen.

«Um mich geht es gar nicht», sagte Imke. «Es geht um meinen Freund hier, Ocke Hansen. Der braucht Hilfe.»

Kohfahl schaute Ocke an. «So?»

Am liebsten wäre Ocke im Boden versunken. Die ganze Situation war vollkommen absurd. Eine alte Frau, die Kohfahl nicht kannte, bat ihn, einen alten Mann, den er auch nicht kannte, zu therapieren, obwohl er gar kein Therapeut war. Und das im Urlaub, in seiner eigenen Villa!

«Äh.»

«Ich wohne in einer WG, und er ist mein Mitbewohner», ergänzte Imke.

Kohfahl blinzelte Imke amüsiert an: «Sie wohnen in einer WG?»

«Das ist cool, oder?»

Kohfahl lachte.

Sie waren vollkommen falsch hier! Ocke brauchte keinen Top-Manager, der es bis nach ganz oben geschafft hatte, für solche Menschen war er der geborene Verlierer.

«Mein Studienschwerpunkt lag, wie gesagt, im Personalmanagement.»

«Psychologe bleibt Psychologe. Sie haben mit Sicherheit ein paar mehr Tricks drauf als der Schnitt der Bevölkerung.»

«Was ist mit Freunden?», fragte Kohfahl Ocke.

Er hatte recht, es war erbärmlich.

«Freunde sind schön und gut», sagte Imke, bevor Ocke sich erklären konnte. «Aber er braucht einen *neutralen* Ratgeber.»

«Was erwarten Sie von mir?», erkundigte sich Kohfahl.

«Lass uns wieder gehen», bat Ocke und wandte sich an Kohfahl. «Tut mir leid, dass wir Sie gestört haben.»

Kohfahl schaute ihn an und legte seine Stirn in Falten. «Es ist schon etwas verrückt, dass Sie zu mir kommen. Im Büro würde mir so etwas nie passieren. Da ist der ganze Tag verplant, und meine Assistentin hält mir alles Unvorhergesehene vom Leib, was gar nicht anders geht bei meinem Terminplan. Aber auf der anderen Seite ist es auch stinklangweilig.»

Sie schwiegen eine Weile

«Also gut, ich kann es probieren», sagte Kohfahl. «Aber ohne Garantie.»

«Jetzt oder nie, Ocke Hansen!», rief Imke und huschte grußlos hinaus.


Ocke stand mitten auf der fremden Terrasse und wusste nicht wohin mit sich. Das schlimmste Orkantief seines Lebens raste auf ihn zu, und er saß allein in einer Nussschale ohne Ruder. Ihm war so unwohl, dass es ihn am ganzen Körper schüttelte.

«Muss ich mich hinlegen?», erkundigte er sich zaghaft.

«Hinlegen?»

«Na, auf eine Couch.»

Kohfahl lachte. «Wo denken Sie hin? Nein, kommen Sie ...»

Er führte Ocke an einen kleinen Holztresen in einer lauschigen Ecke des Gartens, die von Büschen und Sträuchern umgeben war. Die Sonne stand als roter Feuerball über dem Meer.

«Bier», fragte Kohfahl, «oder was Härteres?»

«Ist das denn erlaubt beim Therapieren?»

«Bei mir ja.»

«Bier klingt sympathisch.»

Kohfahl fischte aus der Bar zwei Flaschen heraus, beide tranken ohne Glas, was Ocke sehr entgegenkam. Er stellte sich vor, dass Kohfahl kein Psychologe war, sondern ein Barmann, und schon fühlte sich alles deutlich entspannter an.

«Dann mal raus damit», forderte Kohfahl ihn auf.

Ocke holte tief Luft und atmete aus. Aber es war noch viel schwerer, als er gedacht hatte. Die Worte blieben ihm einfach im Hals stecken. So etwas hatte er noch nie erlebt. Das Ganze also noch einmal: Tief einatmen, ausatmen ...

«Genau genommen habe ich mich verliebt», kam es dann mit heiserer Stimme. Er räusperte sich und ergänzte: «Bloß sie hat einen anderen.»

Kohfahl sah ihn erstaunt an. Probleme mit der Liebe waren wohl nicht gerade das, was er von einem Mann in Ockes Alter erwartet hätte.

«Sind Sie sicher, dass sie sich nicht für Sie interessiert?»

«Mmh, ja.»

«Und woran machen Sie das fest?»

«Sie macht keine Annäherungsversuche.»

Kohfahl nahm einen Schluck aus der Flasche.

«Und Sie? Haben Sie ihr Ihre Gefühle mal gezeigt oder sich geäußert?»

Ocke wurde fast sauer. «Soll ich einfach meinen Arm um sie legen und sie küssen? Ich bin nicht Curd Jürgens.»

«Wer ist Curd Jürgens?», fragte Kohfahl.

«Dafür sind Sie zu jung.»

Kohfahl nickte. «Als Wirtschaftsmann würde ich sagen, greifen Sie an! Was haben Sie zu verlieren?»

Ocke nahm einen tiefen Schluck aus der Flasche und schüttelte den Kopf. «Obwohl es einen anderen Mann gibt?»

«Nur wer nicht kämpft, hat schon verloren.»

Der hatte gut reden, mit Villa und Flugzeug liefen ihm die Frauen bestimmt scharenweise hinterher. Aber Ocke riss sich zusammen. Es ging ja nicht um Kohfahl, sondern um ihn.

«Meinen Sie, das kann noch klappen, wenn man sein Leben lang nichts hinbekommen hat auf dem Gebiet?», erkundigte er sich vorsichtig.

«Woran lag's denn?»

«Ich war als Seemann immer viel unterwegs.»

Kohfahl nickte begeistert. «Ich hatte einen Onkel in Emden, der war auch Seemann. Er war der Held meiner Kindheit.»

«Mal was anderes als die üblichen Stadtneurotiker, was?»

«Tja, Sie sind eher See-Neurotiker», befand Kohfahl.

«Was bedeutet das?»

«Sie sind kein Mann des Wortes, stimmt's?»

«Schriftlich drei, mündlich fünf, würde ich sagen.» Ocke kratzte sich am Bart: «Ich bin im Shantychor. Aber was hat das in diesem Zusammenhang ...?»

«Mir kommt da gerade eine Idee. Die ist zwar altmodisch, aber zielführend.»

Ocke blickte ihn in einer Mischung aus Neugier und Skepsis an.

Eine Stunde später kam Ocke aus dem Haus. Er tanzte geradezu auf das Taxi zu. Imke lag schnarchend auf dem Rücksitz. Ocke wollte sie schlafen lassen, aber als er den Diesel anwarf, schoss sie sofort in die Senkrechte.

«Alles klar?», fragte Ocke.

«Und selber?»

«So klar wie lange nicht.»

«Was hat Kohfahl mit dir angestellt?»

«Ich habe mir so eine Therapie immer ganz anders vorgestellt», sprudelte es aus ihm heraus. «Aber das war reines Vorurteil, muss ich zugeben. Weißt du, so 'n Therapeut ist im Grunde nichts anderes als ein Barmann.»

Imke zog skeptisch die rechte Augenbraue hoch: «Ihr habt *gesoffen*?»

«Nur *ein* Bierchen, ich kann noch fahren, keine Angst.»

«Hat er dich nach deiner Mutter gefragt?»

«Nee.»

«Echt nicht?»

«Nee.»

«Ich kannte deine Mutter gut, das weißt du, Ocke. Für Swantje lege ich meine Hand ins Feuer.»

Ocke rangierte das Taxi mit aufheulendem Motor rückwärts aus der Sackgasse.

«Es gibt immer einen Weg.»

«Du redest in Rätseln, Ocke. Was hat Kohfahl denn nun gesagt?»

«Wo hat Arne seine Anlage? Die er auf der Party mithatte?»

Imke überlegte. «In der Utersumer Strandkorbhalle, glaube ich.»

«Dann fahren wir dahin.»

«Ziehst du immer noch aus?», erkundigte sie sich vorsichtig.

«Erst mal nicht.»

Imke atmete laut auf.

«Alles andere ergibt sich», lachte Ocke übermütig.

Oder eben nicht.

# 18. Von Frau zu Frau

Imke brauchte lange, um wieder einigermaßen zu Kräften zu kommen, obwohl sie nach der Tour mit Ocke erst mal vierzehn Stunden durchgeschlafen hatte. Am dritten Morgen fühlte sie sich immer noch wie erschlagen. Die ganze Nacht über war es unerträglich schwül gewesen, und auch jetzt stand die Luft im Raum.

Heute war ein wichtiger Tag. Die Anhörung von Arne und den Bösingers stand an. Nach den Unterstellungen beim Katerfrühstück hatte Herr Bösinger sich bei Imke persönlich entschuldigt. Er und seine Frau hätten einen Fehler gemacht und zu viel getrunken, das hätten sie eingesehen, und der Herr Jesus habe ihnen das mit seinem Gang ans Kreuz verziehen. Imke hatte das Friedensangebot angenommen und sie daraufhin mit Arne zum gemeinsamen Frühstück vor dem Verhör eingeladen. Sie sollten noch mal zur Ruhe kommen und Kraft schöpfen, bevor es losging.

Sie ging zum Kleiderschrank, um sich etwas Passendes zum Anziehen rauszusuchen. Ihre Wahl fiel auf einen beige Rock und eine dunkle Bluse. Diese Farben mochte sie sonst nicht so gern, aber die Anhörung war schließlich eine ernste Angelegenheit. Obwohl Imke mit Brockstedt geredet hatte, war die Sache noch nicht in trockenen Tüchern. Nachdem sie sich angekleidet hatte und sich daraufhin im Spiegel betrachtete, musste sie für einen kurzen Moment lächeln: Sie sah aus wie die Oma aus dem Bilderbuch, es fehlte nur noch der Dutt, aber dafür waren ihre blondierten Strubbelhaare dann doch zu kurz.

Maria hatte vorhin noch einmal angerufen und sich beklagt, wie kompromisslos sich Brockstedt über Arne und die Bösingers geäußert hatte. Da hatte Imke Mut geschöpft, dass alles gut ausging, denn vermutlich hatte Brockstedt vor Maria extra den Ultraharten gespielt, weil er wusste, dass sie Arne davon erzählen würde. Die Angst vorweg sah der Revierleiter als Teil der Strafe, Arne und die Bösingers sollten sich richtig schlecht fühlen, wenn sie zur Anhörung auftauchten.

Um halb zehn fuhren die Bösingers mit ihrem kakaobraunen Volvo vor, und auch Arne traf kurze Zeit später ein. Auf der Terrasse hatten Christa und Imke Brötchen, Krabben, Marmelade, Kaffee und Tee gedeckt. Herr Bösinger hatte sich bei einem Amrumer Inselfriseur die Haare auf Stoppellänge kürzen lassen, trug einen schwarzen Anzug mit weißem Hemd und dunkelblauem Schlips und unterm Arm eine Aktentasche. Frau Bösinger hatte sich für ein dunkelblaues Kostüm mit Perlenkette entschieden. Alle schwitzten fürchterlich, zum einen wegen der hohen Luftfeuchtigkeit, zum anderen, weil sie nicht wussten, was sie erwartete.

Genau wie Imke trug auch Christa an diesem Tag eine dunkle Bluse. Zur Begrüßung gab man sich förmlich die Hand, niemand lächelte. Die Stimmung war fast wie vor einer Beerdigung, die Bösingers und Arne konnten kaum etwas essen – kein Wunder, wenn einem im schlimmsten Fall Gefängnisstrafe drohte.

«Wir haben Jesus Christus um Verzeihung gebeten», bekannte Herr Bösinger und nahm einen Schluck Tee.

«Damit kommt ihr nicht durch», sagte Imke.

«Er ist *immer* bei uns», entgegnete Frau Bösinger.

«Außerdem dürfen wir nicht vergessen, dass dies keine Gerichtsverhandlung ist, sondern nur eine Anhörung», sagte ihr Mann.

«Aber da werden wichtige Weichen gestellt», wusste Arne, der als Jugendlicher hin und wieder mit der Inselpolizei zu tun gehabt hatte. Alles relativ harmlose Sachen, die sich auf kurzem Dienstweg hatten regeln lassen. Bis auf diesen blöden Betrugsvorwurf ...

Nun fischte Herr Bösinger eine Handakte aus seiner Aktentasche. «Meine Frau und ich haben unsere Aussagen verschriftlicht, und ich habe ein bisschen im Strafgesetzbuch geblättert. Die Beamten werden sich warm anziehen müssen.»

«Inwiefern?», erkundigte sich Christa.

Herr Bösinger blickte triumphierend in die Runde. «Ich halte die Verhaftung für vollkommen unangemessen, außerdem haben sie mir zu enge Handfesseln angelegt und damit die Blutzufuhr abgeschnürt, das ist Körperverletzung.»

«Nebenkriegsschauplätze», urteilte Arne und zündete sich eine Zigarette an.

Imke stutzte. Ihr Sohn hatte seit Jahren keine geraucht. Er musste wirklich sehr nervös sein.

«Solche Fakten können das Verfahren entscheidend beeinflussen, unterschätzen Sie das nicht», belehrte ihn Herr Bösinger, der wirkte, als ob er am liebsten mitgeraucht hätte. Wäre seine Frau nicht dabei gewesen, hätte er mit Sicherheit eine geschnorrt.

«Unterm Strich habt ihr Mist gebaut und wenig in der Hand», sagte Imke. «Ist es nicht so? Brockstedt ist ein scharfer Hund, ich kann euch nur warnen.»

«Letztlich entscheidet das in unserem Land immer noch der Staatsanwalt», sagte Bösinger.

«Wir sind hier nicht in Kiel, sondern auf Föhr», entgegnete Imke. «Hier gelten andere Gesetze.» Insgeheim musste sie lächeln. Dass sie mit Brockstedt gesprochen hatte, wusste niemand, nicht einmal Maria und Sönke. Diskretion war eine unausgesprochene Nebenvereinbarung der friesischen Diplomatie.

«Vor Gericht und auf hoher See sind wir alle in Gottes Hand», zitierte Frau Bösinger einen uralten Spruch, den sie vollkommen ernst zu meinen schien.

«In diesem Sinne», sagte Bösinger und erhob sich. «Wir machen uns auf den Weg.»

Imke nahm ihren Sohn, der ebenfalls los musste, noch einmal fest in den Arm.

«Ik trak di a tüm, man dring», sagte sie auf Friesisch. *Ich drücke dir die Daumen, mein Junge.* Wenn Arne zu einem Auslandseinsatz der Bundeswehr geschickt worden wäre, hätte es nicht anders geklungen.

Die Bösingers nickten Imke und Christa stumm zu und stiegen in ihren Volvo, Arne kletterte in seinen VW-Bus, und die Frauen sahen zu, wie die Autos in Richtung Wyk verschwanden.

Nun konnte der angenehme Teil des Tages beginnen. Als Erstes wechselten die beiden Frauen ihre Garderobe. Christa zog ein dünnes T-Shirt mit Spaghettiträgern und eine kurze Hose an, Imke eine ärmellose Bluse und ebenfalls eine kurze Hose, die ihre braunen Beine zeigte. Dann machten sie es sich auf der Terrasse unterm Sonnenschirm bequem. Ocke hatte den ganzen Tag zu tun und würde erst am Abend wiederkommen.

«Hoffentlich gewittert es bald», stöhnte Imke, die an diesem Tag die Finger von Dr. Behnkes Pillen gelassen hatte. Dementsprechend schlapp fühlte sie sich.

«Meinst du, es geht bei der Polizei gut aus?», fragte Christa.

«Ja.» Plötzlich hatte Imke ein gutes Gefühl, und ihre Zweifel waren ganz verschwunden.

«Wieso bist du da so sicher?»

Imke lächelte. «Ich habe gestern mit Brockstedt geredet.» Jetzt, da die Anhörung kurz bevorstand, brach sie ihr Schweigen.

Christa strahlte ihre Mitbewohnerin an: «Wissen die das?»

«Nein. Ich wollte sie extra ein bisschen schmoren lassen. Arne braucht einen vor den Bug, und die Bösingers auch.»

«Du bist unmöglich, Imke!», sagte Christa und lachte.

Imke nahm einen Schluck Orangensaft. «Und du?»

«Was ich?»

«Was ist denn nun mit Petersen?»

«Woher weißt du davon?»

«Meine liebe Christa, erstens war er vor ein paar Tagen nachts hier im Haus, falls du dich erinnerst, und zweitens hast du ihn auf dem Tennisplatz geküsst.»

Christa versuchte Haltung zu bewahren.

«Wer behauptet so etwas?»

«Ich habe dich zufällig gesehen.»

Christa fragte nicht weiter nach, sondern nahm einen kräftigen Schluck aus ihrem Wasserglas.

«Stefan ist ein Vollidiot!», sagte sie.

«Schon wieder vorbei?» Imke hob interessiert die linke Augenbraue.

«Ich fürchte ja.»

«Wo habt ihr euch überhaupt kennengelernt?

«In der Sauna – ausgerechnet.»

Imke war fassungslos.

«Wie kann das funktionieren, wenn man nackt ist?»

Christa lachte, aber dann wurde ihr Blick traurig.

«Es ist vollkommen aussichtslos. Abgesehen davon, dass Stefan um einiges jünger ist als ich.»

«Och, bei dir ist doch alles noch da, wo es hingehört.»

Christa winkte ab.

«Mit kleinen Abstrichen im Detail, aber danke.»

«Wer hat denn wen angesprochen?» Jetzt war Imkes Neugier geweckt.

«Ach, es war so, dass sich ein Typ in der Sauna darüber aufgeregt hat, dass Stefan keine Badelatschen trug. Daraufhin erklärte Stefan ihm, dass sich Fußpilz, wenn überhaupt, direkt vor der Eingangstür der Sauna sammelt. Da, wo alle ihre Latschen ausziehen. Ich habe mich mit ein paar spitzen Bemerkungen eingemischt, später sind wir essen gegangen, und Stefan hat mich nach Hause gefahren. Danach haben wir uns öfter getroffen, unter anderem letzte Woche.»

«Was Ocke und ich nicht mitbekommen sollten. Aber dafür wart ihr etwas zu laut ...»

Christa lächelte.

«Stefan war an dem Tag total verspannt, ich habe ihn in meinem Zimmer massiert ...»

Imke wusste nicht, ob sie das glauben sollte.

«Weswegen er gestöhnt hat, geht mich nichts an.»

«Zu mehr ist es an dem Abend leider nicht gekommen», seufzte Christa. «Ich weiß nicht mal, ob ich verliebt bin, dafür kenne ich ihn zu wenig, aber er gefällt mir schon ziemlich gut.»

«Und warum bist du jetzt so pessimistisch?»

Christa musste schlucken.

«Er hat einen empfindlichen Nerv bei mir getroffen, und das macht mich so unsicher. Als Stefan aus dem Fenster abgehauen ist, hat er mich von unterwegs aus noch mal angerufen. Er hat mir gesagt, dass er mich anfassen will. Das war pure Verbalerotik.»

Imke nickte.

«Irgendwie hat mich das so sehr angemacht, dass ich mich über mich selbst erschrocken habe. Er schlug vor, in den nächsten Tagen zusammen Tennis zu spielen und dann dort weiterzumachen, wo wir bei mir zu Hause aufgehört hatten. Als ich dann tatsächlich auf dem Tennisplatz erschienen bin, sah er das als Zeichen, dass ich einverstanden war mit seinem Plan.»

«Und dann hast du Angst vor deiner eigenen Courage bekommen?»

«So in etwa. Ehrlich gesagt, habe ich seit ziemlich langer Zeit keinen Sex mehr gehabt, es sind mehrere Jahre. Die körperliche Nähe zu einem Menschen habe ich schon vermisst, aber nicht so, dass ich es nicht aushalten konnte. Es war eher eine leichte Unzufriedenheit, die sich kaum spürbar zwischen anderen Gefühlen eingenistet hatte. Aber als Stefan so direkt war, habe ich mich das erste Mal gefragt, ob es mit einem Mann überhaupt noch funktionieren würde, kannst du das verstehen?»

Natürlich konnte Imke das. Welche Frau könnte das nicht?

«Spontan hätte ich gesagt, klar, warum nicht?», fuhr Christa fort. «Aber was wäre gewesen, wenn es einfach nicht mehr geklappt hätte, aus was für Gründen auch immer? Stefan ist zehn Jahre jünger als ich und hatte vor mir mit Sicherheit jüngere Frauen gehabt. Das addiert sich schnell auf zwanzig, fünfundzwanzig Jahre Unterschied zwischen mir und meinen Konkurrentinnen.»

Imke winkte lässig ab. «Das ist doch nur blanke Statistik. Was sagt das über dich aus, Christa? Du hast fast immer jüngere Männer gehabt.»

«Aber nie ein volles Jahrzehnt jünger.»

«Wenn sich beide Seiten wohl fühlen, ist es doch super!»

«Tja, aber so ein Glück kann schnell zu Ende gehen. Was

ist zum Beispiel, wenn ich nicht merke, wann mein Haltbarkeitsdatum endgültig abgelaufen ist?»

«So kenne dich gar nicht, Christa. Wo ist dein Selbstbewusstsein geblieben?»

«Ich meine, Stefan hat mich zwar spüren lassen, dass dieser Zeitpunkt jetzt noch nicht gekommen ist. Er findet mich attraktiv. Aber der Sex nach dem Tennis war ein mittleres Desaster, was vor allem daran lag, dass Stefan nur in einer ganz bestimmten Position schmerzfrei an der Schulter war. Bloß dass diese Position mir nun gar nicht gefiel ... Aber es ging noch, das war für mich die gute Botschaft.»

«Wo liegt dann das Problem?»

«Das Problem ist, dass Stefan verheiratet ist, obwohl er gesagt hat, er lebt seit Jahren getrennt von seiner Frau. Die hat nämlich, als wir zusammen auf dem Sofa lagen, auf seinem Handy angerufen und wollte von der Fähre abgeholt werden. Und was macht der Kerl? Schießt sofort vom Sofa hoch und hat seine Schulterschmerzen offenbar völlig vergessen.»

Typisch, dachte Imke.

«Er hat mich dann mehr oder weniger rausgeschmissen. Und auch wenn ich es besser weiß, denke ich, dass ich ihm vielleicht doch zu alt war.»

«Christa, jetzt hör aber mal auf, dir so einen Unsinn einzureden! Es liegt nicht an dir, dass dieser Mann ein Armleuchter ist.»

«Ich weiß, und trotzdem wünsche ich mir, ich würde noch mal eine zweite Chance bekommen. Vielleicht fühlte ich mich einfach nur geschmeichelt, dass ein jüngerer Mann etwas von mir wollte. Aber nun bin ich tief in meiner Eitelkeit gekränkt. Und das ist momentan mein Problem.»

«Ich hoffe, du hast trotzdem mit ihm Schluss gemacht.»

«Na ja, es kommt noch besser», kicherte Christa.

«Was ist denn jetzt so lustig?»

«Eigentlich ist es so traurig, dass man schon wieder drüber lachen muss. Wir haben uns noch einmal heimlich getroffen. Seine Frau hatte eine Essenseinladung, und wir haben einen Spaziergang in die Marsch gemacht, obwohl sich Stefan dort eigentlich total unwohl fühlt, er hält sich fast ausschließlich in der Geest auf.»

Tatsächlich war die Geest der liebliche Teil auf Föhr, hier standen die meisten Häuser, es gab kleine Waldstücke, sogar Andeutungen von Hügeln. In der Marsch hingegen gab es auf den ersten Blick nichts außer einer flachen grünen Fläche. Erst wenn man sich dem länger aussetzte, erkannte man, was darin, scheinbar unsichtbar, verborgen lag.

«Stefan hat kein Problem, sich in der Sauna nackt zu zeigen, aber in der Marsch steht er schutzlos vor dem riesigen Himmel. Dass es etwas gibt, das über den großen Stefan hinausgeht, erschreckt ihn wohl mächtig.»

Sie stand auf, um die Kaffeekanne aus der Küche zu holen. Imke nutzte die Zeit, um über das, was Christa ihr gerade erzählt hatte, nachzudenken.

«Du auch Kaffee?», fragte Christa, als sie wieder auf der Terrasse war.

«Danke, ich trinke später eine Tasse.»

Christa schenkte sich ein und fuhr dann fort.

«Natürlich habe ich mich gefragt, ob ich ihn überhaupt noch mal treffen sollte. Unser Beisammensein schrie ja nicht gerade nach Wiederholung. Aber irgendwie war da noch was offen zwischen uns, du kennst das Gefühl.»

Imke nickte – und dachte dankbar an Johannes, mit dem es solche Spielchen nie gegeben hatte.

«Er lief reichlich *underdressed* auf, in kurzer Hose und einem ausgewaschenen weißen Billig-T-Shirt. Es war ihm offenbar total egal, wie er auf mich wirkte. Das fand ich enttäuschend, andererseits machte es auch schon keinen Unterschied mehr. Wir unterhielten uns über deine Fete und übers Trinken, darüber, dass heutzutage ganz anders gefeiert wird als früher. Dann fing ich vom Föhrer Rummelpottlaufen im Januar an, dass man da ja auch ganz schön rumkommt ...»

«Und sogar in die Häuser rein, wenn man seinen Spruch aufgesagt hat.»

Imke und Christa sangen spontan das Lied, das man beim Rummelpottlaufen auf Föhr anstimmte, wenn man eine Menge Schnaps ausgeschenkt bekommen wollte:

> Rummel, rummel, ruttje,
> Kriech ik noch en Futtje?
> Kriech ik een, blev ik stohn,
> Kriech ik twee, so will ik gohn.
> Kriech ik dree, so wünsch ik
> Glück, dat de Osche mit de
> Posche dür de Schosteen flüch.
> Dat ole Johr, dat nie Johr,
> sind de Futtjes noch nicht gor,
> pros Niejohr, pros Niejohr!

«Plötzlich war mir so versöhnlich zumute», sagte Christa nach einer Pause. «Ich wollte einfach, dass wir es dabei belassen, ohne uns zu streiten. Also schlug ich ihm vor, ‹du gehst jetzt Richtung Osten zurück, und ich Richtung Westen zu meiner WG›, dann haben wir einen schönen Abschluss gefunden. Da rückte er mit einer großen Bitte heraus – dem eigentlichen Grund, warum er sich mit mir getroffen hatte.»

Imke richtete sich in ihrer Liege auf, sie fand das alles hoch spannend.

«Er betonte noch einmal, dass zwischen uns nichts gewesen war und auch nichts sein würde. Ich fand, es war nicht gerade ein Kompliment.»

«Um dir *das* zu sagen, hat er sich mit dir getroffen?»

«Nee, er wollte tatsächlich, dass ich zu seiner Frau gehe und ihr das so sage. Die hatte nämlich von unserer Knutscherei am Tennisplatz erfahren und ihm angeblich deswegen mit Scheidung gedroht. Fragt sich nur, wie oft sie diese Szene schon hatten.»

«Und wie hast du darauf reagiert?»

«Es war schon dunkel. Wir waren gerade beim Lagelum Siel im Osterland, da fehlte an einer Stelle das Gitter. Ich bin einen Schritt zur Seite gegangen, habe Anlauf genommen und Stefan ins Wasser gestoßen.»

Imke hielt sich vor Schreck die Hand vor den Mund.

«Hast du nicht!»

Christa nahm einen Schluck Kaffee. «Der hatte überhaupt nicht damit gerechnet und ist in hohem Bogen ins Wasser geflogen.»

Imke grinste.

«Was nicht gut für seine Schulter sein wird.»

Christa zuckte mit den Achseln.

«So bleiben wenigstens keine Zweifel übrig, was man voneinander denkt.»

«Das ist eben der Vorteil der Jugend», seufzte Imke. «Ihr könnt über alles reden, müsst es aber nicht. Wenn man jung ist, gibt es immer noch andere Wege, um seine Gefühle auszudrücken.»

«Ja, da hast du recht. Aber so ganz über die Sache hinweg bin ich trotzdem nicht. Ich bin nämlich auch nicht mehr die Jüngste, und mit zunehmendem Alter wird man leider eitler und verletzlicher. Eigentlich paradox, aber was soll's? Wenigstens habe ich ihm gezeigt, dass er mit mir nicht alles machen kann.»

Imke nahm jetzt doch einen Kaffee, und sie prosteten sich mit den Tassen zu. Was Imke über Ocke wusste, verriet sie mit keinem Wort. Vielleicht sah es gar nicht so schlecht für ihn aus.

In diesem Moment fuhr ein Polizeiwagen mit Blaulicht auf das Grundstück zu. Kurz darauf erschien Brockstedt auf der Terrasse. Seinem Gesichtsausdruck nach zu urteilen, war er nicht gerade in Feierlaune.

Imke sah ihn erschrocken an.

«Ist was mit Arne?»

«Moin Imke, Moin Christa», sagte Brockstedt ernst.

«Was ist mit meinem Jungen?», fragte Imke noch einmal.

«Wie man's nimmt. Wir bräuchten deine Aussage, Imke, dann wären wir einen großen Schritt weiter.»

Imke stiegen die Tränen in die Augen.

«Es lag alles an mir, Gerald, meine Bowle ...»

Brockstedt bot ihr demonstrativ seinen Arm an.

«Das ist mir sonnenklar.»

«Dafür soll Arne nicht büßen.»

«Wie gesagt, wir brauchen deine Aussage.»

«Ich gehe kurz ins Haus, um mich umzuziehen.»

«Kurze Hose ist okay, ist ohnehin viel zu warm auf dem Revier.»

Also zog sie sich nur schnell ein T-Shirt über und ließ sich von Brockstedt zum Polizeiwagen führen.

## 19. Krumme Seehunde

Wie durch ein Wunder ließ die Schwüle nach, und es wurde einer jener trockenen Hochsommertage, die keine Wünsche offenließen: 27 Grad, dazu wehte ein angenehmer, leichter Wind. Bei auflaufendem Wasser schwammen unzählige runde Köpfe im Meer, die wie lustig bemalte Bojen aussahen. Überflüssig zu erwähnen, dass die Strandkörbe am Wyker Südstrand ausnahmslos besetzt waren. An so einem prächtigen Tag kamen zu den Inselgästen stets noch unzählige Tagesbesucher vom Festland und von der Nachbarinsel Amrum dazu. Es roch nach Sonnencreme und Pommes, und wer es edler wollte, wurde in den wunderbaren Cafés am Sandwall, der Promenadenstraße hinter dem Strand, bestens bedient. Wyk wirkte in der Sommerhitze wie eine Stadt am südlichen Mittelmeer, nur dass man dort auf die prächtige Kulisse verzichten musste, die hier geboten wurde: Alle Strandgäste schauten direkt auf die vorgelagerte Hallig Langeneß, die sich lang und elegant auf der Südostseite von Föhr erstreckte.

Brockstedt fuhr mit Imke langsam auf den Sandwall. Zu dieser Zeit herrschte hier die wohl größte Gummischlappendichte der Republik, das Tempo war behäbig, und das schlimmste Problem der Menschen war, dass die Eiskugeln schneller schmolzen, als man sie essen konnte. Einige Kurgäste, die die Hitze nicht so gut abkonnten, suchten den Schatten der alten Bäume hinter dem Strand.

Imke fühlte sich unwohl im Polizeiwagen. Sämtliche Passanten glotzten sie neugierig an: Die musste irgendwas verbrochen haben, sonst säße sie da wohl nicht. Am Brunnen vor der Buchhandlung Bubu hielt Brockstedt an.

«Ende der Fahrt», rief er und stieg aus.

«Was machen wir hier? Bücher kaufen?»

«Ortstermin am Strand», brummte Brockstedt.

Imke verstand nicht.

«Weswegen?»

Immerhin hatte Brockstedt sie quasi verhaftet. Was sie nun an diesem Strandabschnitt sollte, war ihr schleierhaft.

«Ich habe uns einen Logenplatz reserviert», sagte Brockstedt und führte sie zu einem der nächsten Strandkörbe. Dort zauberte er eine Flasche Piccolo und zwei Gläser hervor und stellte sie auf das kleine Ausklapptischchen. Er wollte mit Imke anstoßen, aber sie lehnte dankend ab. Ihr war viel zu heiß für Alkohol. Brockstedt schenkte ihr trotzdem ein halbes Glas ein.

«Wie ist es denn nun gelaufen?»

«Arne war so klein mit Hut.» Er zeigte es mit dem rechten Daumen und Zeigefinger. «Bösinger hingegen ist mit mächtigen Schriftsätzen aufgefahren ...»

«Und?»

«... die ich vor seinen Augen zerrissen habe.»

Das klang schon mal gut.

«Wieso?»

«Ich wollte ihn nach friesischem Recht bestrafen. Aber er meinte doch tatsächlich, Föhr gehört zur Bundesrepublik Deutschland.»

Imke lachte erleichtert auf. Da war Brockstedts Humor wieder, das beruhigte sie. «Hat er seinen Irrtum eingesehen?»

«Ich habe ihm den Film vom Polizeieinsatz gezeigt. Tja, und dann habe ich ihm klargemacht, dass solche Filme leicht zu kopieren sind. Die landen schon mal im Internet oder im Fernsehen.»

«Erpresser!» Sie lächelte. Aber wenn sie ehrlich war, interessierte sie viel mehr, was mit Arne war. Die Bösingers waren für ihr eigenes Glück verantwortlich.

«Als er den Film gesehen hat, war er plötzlich ganz still. Ich muss dir nicht erklären, warum, du kennst den Film ja bestimmt.»

Imke gab sich ahnungslos: «Welchen Film?»

Brockstedt schaute ihr tief in die Augen. «Hat Maria ihn dir nicht heimlich gezeigt?»

«Ich weiß nicht, wovon du sprichst», sagte Imke und wurde rot.

Brockstedt nickte ihr grinsend zu.

«Ich habe Bösinger dann erläutert, was die Strafe nach friesischem Recht ist, und er fragte, was sei, wenn er sich weigere. ‹Dann treten all jene Paragraphen in Kraft, die Sie bestens kennen›, habe ich geantwortet, ‹Widerstand gegen die Staatsgewalt, Körperverletzung, Beleidigung ...› Da war dann Ruhe im Karton.»

Doch Imke hörte nur noch mit halbem Ohr hin, denn sie hatte soeben Bösinger und seine Frau entdeckt. Sie kämpften sich mit einem riesigen Korb voller Kuscheltiere über den Strand und versuchten sie zu verkaufen. Beide schwitzten vor Anstrengung, und Herr Bösingers Kopf war bedenklich gerötet. Er hätte wohl gern sein T-Shirt mit dem frommen Fisch ausgezogen, aber dann wäre ihm ein Sonnenbrand sicher gewesen. Seine Frau war ungefähr zwanzig Meter vor ihm, sie verkaufte im Gegensatz zu ihm erstaunlich gut.

«Das ist die Strafe?», fragte Imke.

«Hmm.»

«Meinst du, das ist medizinisch vertretbar bei dem Wetter?»

«Im Gefängnis gibt es auch keine Klimaanlage. Außerdem ist es den Bösingers jederzeit gestattet, sich auf eigene Kosten kalte Getränke zu besorgen.»

Plötzlich schoss Arne um die Ecke, ebenfalls mit einem Korb in der Hand. Er stutzte, als er Imke und Brockstedt zusammen im Strandkorb sitzen sah.

«Mama, was machst du denn hier?»

«Ich sonne mich.» Sie war jetzt guter Dinge, weil Arne mit einer zwar entwürdigenden, aber leichten Strafe davonkommen würde. Er umarmte sie.

«Hier am Südstrand?»

Immerhin wohnte sie in Dunsum, wo etliche traumhafte Bademöglichkeiten leichter zu erreichen waren als der Strand in Wyk.

«Es ist mein altes Revier, schon vergessen?» Imke hatte jahrelang direkt gegenüber der Kurmuschel am Sandwall gewohnt. Obwohl sie erst ein Jahr in der WG lebte, kam es ihr vor wie das Leben eines anderen Menschen. Damals hätte sie nicht im Traum damit gerechnet, noch einmal umzuziehen. Aber es war alles viel besser geworden.

«Und was machst *du* hier?», fragte sie scheinheilig.

«Siehste doch, ich verkaufe Seehunde.»

Imke nahm einen in die Hand. «Wie sehen die denn aus?»

Tatsächlich waren die Kuscheltiere etwas verformt, sie sahen eher aus wie die Karikatur eines Seehundes. Der leichte Höcker auf dem Rücken hätte besser zu einem Kamel gepasst, außerdem waren sie in demselben Lila gehalten wie die Milka-Kühe.

«Die stammen aus der Fehlproduktion einer Fabrik, deswegen haben wir sie umsonst bekommen», erklärte Brockstedt, «so springt am meisten Geld für die Seehundstation raus. In jedem Korb sind zweihundert Tiere, die sollen für drei Euro das Stück verkauft werden. Und zwar alle!», er sah Arne streng an.

Arne verabschiedete sich missmutig und rief laut: «Krumme Seehunde für den guten Zweck, krumme Seehunde ...»

«Das ist die gesamte Strafe?», fragte Imke, als er außer Hörweite war.

«Nicht ganz. Nachher gibt es in der Kurmuschel noch ein kleines Musical von Jugendlichen aus einem Hamburger Kinder-Erholungsheim, bei dem Arne und die Bösingers eine entscheidende Rolle spielen werden. Wirst schon sehen.»

«Sadist», flüsterte sie. Sie hätte ihn küssen können!

Brockstedt öffnete den ersten Knopf seines Hemdes. «Wenn einer meiner Beamten verletzt wird, verstehe ich keinen Spaß.» Sagte es, drehte sich mit geschlossenen Augen Richtung Sonne und fügte hinzu: «Überleg mal, was ein Verfahren den Staat gekostet hätte! Drei Angeklagte, Verteidiger, Staatsanwalt, Protokoll, Verwaltung, etc. pp., das können wir uns wirklich sparen.»

«Hast ja recht.»

«Arne hilft Peter Markhoff zusätzlich an vier Wochenenden beim Pferdestallbauen. Als Schmerzensgeld. Er hat sich übrigens schon längst persönlich bei ihm entschuldigt. Weißt du Imke, das sind ja keine Schwerverbrecher. Im Grunde sind sie nur Opfer deiner wahnsinnigen Bowle geworden.»

Imke sah an Brockstedt vorbei zu Bösinger, der sich weiter von Strandkorb zu Strandkorb quälte. «Die Bowle war vollkommen legal.»

«Sagst *du*! In dieser Stärke fällt sie eindeutig unter das Betäubungsmittelgesetz.»

«Wie willst du das beweisen? Sie ist längst alle.»

«Und noch was, Imke.» Brockstedt räusperte sich. «Also, ich war nach der Party etwas sauer auf Ocke und Christa.

Aber die haben nichts mit der Sache zu tun, dass du das nur weißt.»

«Da bin ich erleichtert.»

«Trotzdem muss Christa in Zukunft besser auf dich aufpassen.»

«Ja ja.»

«Jetzt vielleicht doch einen Prosecco?»

Imke nickte und erhob ihr Glas: «Auf das friesische Recht!»

Die weißen Holzbänke vor der Kurmuschel waren voll besetzt. Das war die letzte Hürde, die Arne und die Bösingers heute nehmen mussten. Der stundenlange Seehundverkauf am Strand saß ihnen offenkundig noch in den Knochen, aber Brockstedt ließ keine Gnade walten.

Ein Erzieher mit langen Rastalocken trat ans Mikrophon: «Meine Damen und Herren, darf ich Ihnen nun ein Musical ankündigen, das das Hamburger Kinder-Erholungsheim selber erarbeitet hat: *Muck, der Seehund*!»

Freundlicher Applaus.

Ein albernes Windrad (Arne), ein noch albernerer Leuchtturm mit einer Bauchbeule (Herr Bösinger) und ein schiefer, dicker Apfelbaum (Frau Bösinger) schoben sich als Dekoration auf die Bühne, was großes Gelächter und Gejohle hervorrief. Imke saß in der ersten Reihe direkt neben Brockstedt und freute sich mit. Sie war hin- und hergerissen, als sie ihren sonst so eitlen Sohn als unglückliches Windrad auf der Bühne sah. Er tat er ihr ein bisschen leid, aber das hier war besser als Gefängnis!

Die Eingangsmusik kam vom Band, und die Handlung begann. Seehund Muck verlor seine Mutter, irrte durch die Welt, erlebte eine Menge Abenteuer und wurde von der Seehundstation gerettet. Windrad, Leuchtturm und Apfelbaum auf der Hallig mussten nichts anderes tun, als einfach da zu stehen. Zum Schluss gab es einen Rap mit der Moral von der Geschichte: Wer einen Seehund rettet, rettet damit die ganze Welt. Als das Windrad mit dem Apfelbaum plötzlich Walzer zu dem Rap tanzte, was gar nicht zur Musik passte, und als sich daraufhin der dicke Leuchtturm schwerfällig wie ein Elefant in Bewegung setzte, tobte das Publikum. Die rappenden Jugendlichen auf der Bühne vergaßen vor Lachen vollständig ihren Text.

Imke blickte auf die wunderbar lebhaften Kinder in der Kurmuschel. Sie stellte sich vor, wie sie ein Urenkelkind mit schwarzen Locken im Arm hielt und mit ihm herumschäkerte. Sämtliche Kitschbilder, die es jemals zu diesem Thema gegeben hatte, tauchten vor ihrem inneren Auge auf, und es fühlte sich prächtig an. Jetzt drehte sie sich zum Publikum um und entdeckte hinter den voll besetzten weißen Bänken Sönke mit Regina. Irgendjemand hatte ihnen wohl gesteckt, dass Arne hier auftreten würde. Aber die beiden schauten nicht auf die Bühne, sondern schienen sich zu streiten. Was war da los? Ihr fiel ein, dass Brockstedt gesagt hatte, in ihrer Familie braue sich etwas zusammen. Kam jetzt etwa wieder die Diskussion auf, ob man sie ins Heim stecken sollte? Wegen der Wattwanderung und der Bowle? Regina konnte sie nicht trauen, das wurde ihr wieder einmal bewusst.

Sie stieß einen Seufzer aus. Eigentlich hatte sie nach der ganzen Aufregung nur den Wunsch, sich auszuruhen. Mit einem Mal war ihr schon die Vorstellung, nach dem Konzert noch nach Hause zu gehen, zu viel. Und jetzt kam auch noch ein Familienstreit hinzu, der wahrscheinlich um sie kreiste. Sie versuchte sich zu beruhigen: Sönke würde nie zulassen, dass sie die Wohngemeinschaft hinterm Deich verließ, da war sie sich sicher. Außerdem gab es ja noch Christa und Ocke. Trotzdem, sie musste so bald wie möglich mit Sönke reden, um den neusten Stand zu erfahren.

## 20. Ein zartes Fiepen

Am nächsten Morgen wachte Sönke mit einem Glücksgefühl auf und tastete neben sich. Doch da war niemand. Maria war schon zum Dienst gefahren. Eigentlich war es ihm gar nicht recht, dass sie sich in ihrem Zustand mit Besoffenen oder Kriminellen rumschlagen musste. Besser, sie verschanzte sich im Innendienst. Doch dazu müsste Maria Brockstedt erst einmal mitteilen, dass sie schwanger war, und das wollte sie so lange wie möglich hinauszögern.

Sönke hatte vor Aufregung die ganze Nacht kaum geschlafen, er war auch jetzt immer noch aufgewühlt. Väter waren immer nur andere geworden, Bekannte, Freunde, Verwandte. Nun er? So richtig konnte er es sich nicht vorstellen, schlaflose Nächte, Windelwechseln, und mit Kinderprodukten kannte er sich überhaupt nicht aus, von ferngesteuerten Monster-Trucks und Ähnlichem mal abgesehen. So etwas schenkte er gerne seinem Patenkind, sehr zum Entsetzen der Waldorfkindergarten-Eltern. Hoffentlich ging alles gut.

Er beschloss, dass Wickelkommode und Kinderwagen noch Zeit hatten, jetzt gab es erst einmal anderes zu tun. Es war bereits neun, Zeit für ein Frühstück mit Christa, um mit ihr über Oma zu sprechen. Regina hatte ihn während der Vorführung in der Kurmuschel abgefangen und regelrecht gedroht, in Sachen Oma sofort aktiv zu werden. Sie konnte nicht einmal das Ende des Stücks abwarten, dabei war es total lustig gewesen, Arne als Windrad zu sehen. Und gleichzeitig erleichternd, denn dadurch musste er nicht in den Knast! Regina hatte das überhaupt nicht beeindruckt. Sie hatte nur kurz mit verächtlichem Blick auf die Kurmuschel geschaut und ihn dann angekeift, wieso er nicht schon längst bei Christa gewesen sei, wie er versprochen hätte. Sönke war keine gute Begründung eingefallen. Er durfte ja nicht verraten, dass inzwischen etwas noch Wichtigeres in sein Leben getreten war. Die Geheimnistuerei ging ihm mächtig gegen den Strich, aber Marias Wort galt in diesem Fall nun mal mehr als seines. Statt die Neuigkeit überall hinauszuschreien, wie er es gerne getan hätte, musste er sich nun darum kümmern, dass Christa Oma besser überwachte oder zumindest mehr im Blick behielt. Keine leichte Aufgabe, Christa besaß ein Recht auf ihr eigenes Leben, da musste ein Kompromiss gefunden werden. Regina hatte ihm ein Ultimatum bis zum Abend gestellt, dann wollte sie mit der Heimsuche beginnen. Und wie Sönke sie kannte, würde sie das auch tun.

Er stieg in Marias uralten Mini One, der vor dem Haus parkte. Maria fuhr in letzter Zeit meist mit dem Fahrrad zur Arbeit. Beim Anlassen des Motors fiel ihm auf, dass sie auch ein neues Auto brauchen würden, denn ein Kinderwagen passte in diese kleine Kiste nur mit Not. Er nahm den geteerten Wirtschaftsweg nach Süderende. Der Westwind bog die Bäume in Richtung Osten, wirbelte vergessenes trockenes Laub vom letzten Herbst auf und warf es übermütig in die Luft. Die Spitzen der Schilfhalme standen wie Peitschenantennen in den Gräben und wurden von quertreibenden Windböen in die Waagerechte gedrückt. Das einzig Unbewegte schienen die Häuser und Straßenlampen zu sein, aber auch die vibrierten bei genauerem Hinsehen. Manchmal erwischte eine Böe den Wagen, der zum Glück immer brav in der Spur blieb, weil er so tief lag wie ein Gocart.

In Süderende fuhr er langsam am Friedhof St. Laurentii vorbei. Dort gab es Grabsteine, auf denen die Lebensgeschichte seiner Vorfahren eingemeißelt war – und nun würde es bald neues Leben bei den Riewerts geben! Mit seinem Nachwuchs würde der Stab in der Familie weitergereicht. Er selbst rückte eine Generation weiter nach hinten, genau wie alle anderen in der Familie auch. Sönke drehte das Radio an, ein dänischer Sender war zu hören, der Moderator erzählte kichernd eine Geschichte, von der Sönke zwar nichts verstand, die aber wie Musik in seinen Ohren klang. Danach wurde ein Uralt-Titel von Roxette gespielt: *Listen to your heart*. Das war die erste CD gewesen, die er sich von seinem eigenen Taschengeld gekauft hatte. Damals war er elf gewesen. Sönke sang alle Strophen laut mit, und es gelang ihm gar nicht mehr runterzukommen. Eigentlich war dies die komplett falsche Stimmung für das ernste Gespräch, das ihm bevorstand.

Als er den Ortseingang von Dunsum erreichte, traute er seinen Augen nicht. Seine Oma kam ihm leicht schwankend auf der Straße entgegen. Sie trug ihren alten roten Hosenanzug, der in der Landschaft leuchtete wie ein Warnsignal. Schritt für Schritt kämpfte sie sich voran. Sönke hielt sofort an und schaltete die Musik aus. Obwohl sie ihm gestern Abend am Telefon versichert hatte, dass sie mindestens vierundzwanzig Stunden schlafen würde, sah sie müde und matt aus. Im letzten halben Jahr war sie sehr gealtert, da gab es nichts zu beschönigen. Das Schlimme daran war: Man konnte nicht mehr damit rechnen, dass es noch mal besser wurde. Ihre gemeinsamen Touren nach Amsterdam, Berlin oder Venedig würden sich nicht wiederholen lassen, sie waren nichts als Erinnerungen, wenn auch besonders schöne. Der Raum, in dem seine Oma sich bewegen konnte, wurde immer enger und würde schließlich dem eines kleinen Kindes ähneln. Als Sönke aus dem Wagen sprang, erwischte ihn sofort eine frische Windböe, was ihm guttat.

«Na, Oma, trainierst du gerade?», rief er fröhlich.

«Meine Zwischenzeiten sind ziemlich im Keller», grummelte Imke mit einem Lächeln.

Er nahm seine Oma in den Arm. «Moin erst mal. Hü gungt et?»

«God.»

Was stark übertrieben sein durfte.

«Soll ich dich im Wagen mitnehmen?» Es waren zwar nur hundert Meter bis zum Haus, aber immerhin.

Imke schüttelte den Kopf und deutete auf sein Auto. «Bis ich mich bei dir auf den Sitz gepult habe, laufe ich die Strecke dreimal hin und zurück.»

Also parkte Sönke den Wagen an der Straßenseite und hakte sich bei seiner Oma unter. «Ist Christa zufällig da?»

«Ja, aber sie kann nicht mit dir sprechen.»

Das kam ziemlich schroff.

«Wieso nicht?»

Oma sah ihn prüfend von der Seite an: «Willst du mit ihr über mich schnacken?»

Sönke wurde heiß und kalt: erwischt!

«Sie ist immerhin deine Pflegerin, und ich soll mich offiziell um deine Angelegenheiten kümmern.»

Dass er der Vormund seiner Oma war, erwähnte er nicht gerne. Aber jetzt blieb ihm nichts anderes übrig.

Imke blieb stehen und holte tief Luft. «Weißt du, warum ich auf dieser blöden Straße laufe und nicht auf dem Deich?»

«Nein.»

Sie sah die Straße hinunter. «Weil ich es nicht mehr schaffe, den Deich hochzukommen. Ich glaube, die haben den nur gebaut, um mich vom Watt fernzuhalten.»

«Klar, warum auch sonst?» Sönke lachte.

Oma schüttelte den Kopf. «Ich kann nicht mal mehr abhauen, wenn ich tüdelig werde. So sieht es aus. Also mach dir keine Sorgen.»

«Ich will trotzdem mit ihr reden. Sie soll dich unterstützen, wo sie nur kann. Und wo ihr das nicht möglich ist, organisieren wir Hilfe von außen.»

«Du kannst Christa gerade nicht sprechen», wiederholte Oma energisch und hielt ihren Enkel am Arm fest.

«Warum nicht?»

Sie ließ ihren Blick bedeutungsvoll zum Horizont schweifen: «Lass uns einen kleinen Umweg machen, aber unauffällig ...»

Sönke hielt das für eine schlechte Idee, denn Oma konnte nicht mal eben einen Umweg machen. Doch sie ließ sich nicht davon abbringen und lotste ihn zu dem Maisfeld, das direkt gegenüber vom Haus lag. Die Blätter der mannshohen Pflanzen und die schweren Früchte schlugen ihnen gegen Gesicht und Bauch, Oma steckte das erstaunlich gelassen weg. Bald standen sie an einem Punkt, von dem aus sie auf die Vorderseite des Hauses blicken konnten. Ein irrsinnig lautes Fiepen war zu hören, schlimmer als ein startendes Flugzeug. Oma zog ein kleines Fernglas aus ihrer Jacke und drückte es Sönke in die Hand.

«Ich habe meine Brille nicht dabei, schau du lieber.»

Sönke blickte durch das Fernglas.

«Was siehst du?», löcherte sie ihren Enkel.

Sönke stellte den Fokus schärfer. «Vor Christas Fenster steht Ocke mit seiner E-Gitarre. Er hat eine Anlage und einen Mikrophon-Ständer vor sich aufgebaut.»

Oma nickte, als hätte sie so etwas erwartet. «Sind die Gardinen bei Christa zu?»

«Da regt sich nichts.»

«Die wird sich wundern.» Oma lächelte.

Sönke behielt Christas Fenster fest im Blick. «Es passiert immer noch nichts.»

«Gib mir mal das Fernglas, bitte», sagte Imke und riss es ihm bereits aus der Hand. «Mist, ohne Brille kann ich wirklich nichts erkennen.»

«Was hat das alles zu bedeuten?», fragte Sönke.

Seine Oma strahlte ihn an, aber sie sagte nichts.

# 21. Ständchen

Nach dem Gespräch mit Dr. Kohfahl fühlte sich Ocke wie ausgewechselt. Dabei war das, was der Psychologe ihm geraten hatte, nicht gerade höhere Mathematik gewesen: «Zeig ihr, was du fühlst, und sei ihr immer zugewandt.» Kohfahl hatte recht, Ocke hatte sich vor Christa eher versteckt, als ihr seine Gefühle offen zu zeigen. Davon abgesehen war er ohnehin niemand, der viel und gern redete. Und wenn es drauf ankam, verstummte er vollständig. «Wenn Sie kein Redner sind, reden Sie nicht!», hatte ihm Kohfahl geraten. «Das geht nur schief.»

Singen war etwas anderes. Ocke sang gerne und viel, wenn auch selten öffentlich. Damals auf hoher See hatte er oft mit seiner Gitarre an Deck gehockt und mit Seemannskollegen aus allen Ländern zusammen musiziert. Von philippinischen Chorälen bis zu Südseegesängen der Kiri-Batis hatte er viele Lieder gelernt, und er sang sie immer noch, wenn er allein im Taxi saß. Kohfahl hatte das aufgegriffen und auf den Punkt gebracht: «Werben Sie um Ihre Christa! Bringen Sie ihr ein Ständchen!» Für Ocke hörte sich das altmodisch im besten Sinne an: Es war eine alte Mode, die schon die Minnesänger im Mittelalter angewandt hatten.

Er hatte sich also seinen besten schwarzen Anzug angezogen – den Christa noch nie an ihm gesehen hatte –, dazu ein weißes Hemd. Vorher war er noch zum Friseur gegangen, seine ehemals wuseligen Haare waren nun sportlich kurz geschnitten, der Bart war verschwunden. Vom früheren Seebär war nichts mehr zu ahnen. «Es ist nicht wichtig, was Sie sagen, sondern was Sie zeigen», hatte Kohfahl ihm gesagt. «Und da können Sie ihr nichts vormachen, Ihre Körpersprache wird Sie immer verraten. Mit anderen Worten: Seien Sie ehrlich, das genügt.»

Ocke war sein Leben lang nach außen immer der Starke und Verlässliche gewesen, dem nichts etwas anhaben konnte. Was an sich nichts Schlechtes war. Er erinnerte sich, wie sein Kapitän auf einem Norwegentörn einmal seine Ehefrau mit an Bord genommen hatte. Als der Containerfrachter bei Windstärke neun heftig zu schaukeln begann, kam sie mit einer ausgebauten Tür über die engen Gänge gelaufen. Falls das Schiff sinken und sie es nicht rechtzeitig ins Rettungsboot schaffen würde, wollte sie etwas haben, woran sie sich festhalten konnte. Ocke hatte ihr die Tür mit gutem Zureden abgenommen und stundenlang mit ihr Mensch ärgere Dich nicht gespielt, damit sie abgelenkt war und der Kapitän an Bord sein Gesicht nicht verlor.

Er war stets der «Kümmerer» gewesen. Zu ihm waren die Kollegen mit Familienproblemen gekommen, und wenn es mit der Frau nicht mehr klappte, hatte er immer ein offenes Ohr gehabt. Nicht, dass er tolle Lösungen anzubieten hatte, aber die Seeleute fühlten sich schon besser, wenn da jemand vor ihnen saß, der einfach nur zuhörte. Er selbst hätte auch gerne so einen Zuhörer gehabt. In der Zeit mit Uschi war sie das gewesen, aber die Beziehung hatte ja nur ein Jahr gehalten, und wenn er seine große Fahrt abzog, sogar nur ein halbes. Geendet hatte sie in einer Katastrophe, wie er sie nicht noch einmal erleben wollte.

Jetzt stand er an Christas Fenster und klimperte die ersten

Akkorde auf der E-Gitarre. Sie fühlten sich fremd an. «Es ist wichtig, dass Sie beim Singen den Boden spüren», hatte Kohfahl gesagt. Und tatsächlich, wenn er sich darauf konzentrierte, fühlte es sich so an, als ob seine Fußsohlen Wurzeln in die Erde schlugen. Seine zarte, helle Männerstimme kam sehr klar durch die Gesangsanlage. Er wollte sich nicht mehr verstecken, sondern ohne Schnörkel klarstellen, worum es ging. Deswegen hatte er sich den Soul-Klassiker *When a man loves a woman* ausgesucht. Seine Stimme war nicht besonders kräftig, aber authentisch:

> *When a man loves a woman, can't keep his mind on nothing else*
> *he'd trade the world for the good thing he's found.*
> *If she is bad he can't see it she can do no wrong,*
> *turn his back on his best friend he puts her down.*

Ocke wusste, dass Christa gestern Abend früh ins Bett gegangen war, sie hatte ziemlich frustriert gewirkt. Im besten Falle hatte sie Ärger mit ihrem Stefan gehabt, was ihm Mut machte. Immerhin hatte sie nicht bei ihm übernachtet und er auch nicht bei ihr.

Auch Ocke hatte sich früh hingelegt und statt der üblichen Flasche Bier einen Pott Salbeitee getrunken, der gut für die Stimme war. Er wollte nichts unversucht lassen, um Christas Herz zu erobern. Nun gab es kein Zurück mehr, er stand kurz vorm Refrain. Ein gutes Gefühl – mit flauem Magen!

Ocke stellte sich vor, wie Christa gerade aus tiefsten Träumen erwachte und die Musik im ersten Moment nicht zuordnen konnte. Sie wohnten ja nicht an einem Touristenboulevard mit hundert Straßenmusikern am Tag, sondern am Rand der Marsch hinterm Deich. Noch waren die Vorhänge geschlossen, Ocke sang weiter.

*When a man loves a woman spend his very last dime
trying to hold on to what he needs.
He'd give her all his comforts sleep out in the rain
if she said that's the way it oughta be.*

Dann wurden die Gardinen beiseitegeschoben und das Fenster geöffnet. Ocke konzentrierte sich mit aller Kraft darauf, das leichte Zittern seiner Stimme unter Kontrolle zu bekommen. Christas Kopf mit dem verwuselten Haar tauchte am Fenster auf. Obwohl Ocke sie gerade aus dem Schlaf gerissen hatte, sah sie gerührt aus. Nun schloss er die Augen. Er hatte gesehen, was er zu sehen gehofft hatte. Jetzt wusste er nicht einmal mehr, ob sie überhaupt noch schaute. Ocke hatte alles genau so umgesetzt, wie es ihm sein Therapeut empfohlen hatte: «Wenn Ihre Christa dadurch nicht bewegt wird, hat sie ein Herz aus Stein.»

Das Lied war zu Ende, Ocke öffnete die Augen, Christa lächelte ihn durchs offene Fenster an. Dieses Lied galt nur ihr, und das wusste sie nun. Ocke erwartete nicht, dass er sie im Sturm erobern würde. Zumal sie zusammen lebten und einen Alltag teilten, der für sich gesehen alles andere als aufregend war. Doch ab jetzt würde immer etwas anderes, ganz und gar nicht Alltägliches darunter hervorschimmern. Wo auch immer die Reise hinging, das Schiff hatte abgelegt.

## 22. Diät ist auch kein Leben

«Heute mache ich gar nichts», kündigte Ocke am nächsten Morgen nach dem Frühstück an und streckte sich auf seiner Liege aus. Ein warmer Luftzug ging über die WG-Terrasse und huschte weiter in Richtung Marsch. Hoch «Hanne» hatte ganz Nordfriesland im Griff, der Friesenwimpel überm Haus hing schlaff an der Stange. Es tat gut, richtig auszuspannen und zwischendurch einfach mal wegzudämmern. Ocke hatte sich im Gesicht mit Lichtschutzfaktor dreißig eingecremt, weil seine Haut dort, wo sein Bart jahrzehntelang gestanden hatte, schneeweiß war. Alles war getan, alles erledigt. Er schloss die Augen.

«Ich gehe nie wieder weg von dieser Terrasse», sagte Imke, die ihm gegenüber lag.

«Und gekocht wird heute auch nicht, wir lassen uns was kommen», ergänzte Christa. Sie lag im Bikini neben ihm auf der Liege.

Nach der Geburtstagsfeier und dem anschließenden Trubel schienen sie alle froh, dass wieder so etwas wie Alltag eingekehrt war. Wobei ihr Sonnenbad auf der Terrasse den Alltag natürlich um einiges toppte. Für Ocke war das alles jedoch völliger Unsinn: Er lag neben Christa und war entspannt? Wie sollte das gehen?

Nach seinem Ständchen vor Christas Fenster war für

ihn nichts mehr normal in der WG, schon gar nicht ein Sonnenbad auf der Terrasse, wenn seine Liebste im Bikini direkt neben ihm lag. Das heißt, seine Liebste war sie ja nicht, sondern – ja, was eigentlich? Es war Ocke egal, dass sie das Hoch «Hanne» genannt hatten, für ihn war es Hoch «Christa» – und das würde auch so bleiben, wenn daraus ein Tief werden sollte. Wie auf Föhr alles für ihn nur noch «Christa» war: ihre ehemalige Schule, die Meierei, in der sie gelernt hatte, ihr Elternhaus in Wyk und sogar die Fähre, mit der sie so oft gefahren war. Alles, was mit ihrem Leben zusammenhing, wurde eine Sehenswürdigkeit, und die Insel war voll davon.

Ocke musste sich sehr beherrschen, um sich seine Nervosität nicht anmerken zu lassen und nicht permanent auf seiner Liege herumzuzappeln. Der einzige Gedanke, der ihn seit Stunden beschäftigte, war, was wohl passieren würde, wenn er einfach Christas Hand nähme. Dies war ja noch ein sehr keuscher Gedanke, aber schon der versetzte ihn in blankes Entsetzen. Natürlich musste es nach dem Ständchen irgendwie weitergehen, und auch das lag jetzt an ihm. Andererseits: Wenn Christa ihn zurückwies, würde für ihn alles zusammenbrechen, die WG und sein Leben. Wenigstens wusste sie seit gestern Bescheid über seine Gefühle. Wirklich? Oder könnte sie sein Lied auch als nette Geste werten und nicht mehr? *When a man loves a Woman* hätte für sie genauso *Yellow Submarine* sein können? Einfach nur ein schöner Song?

Auf den ersten Blick taten sie beide so, als sei alles wie immer.

Und auch wieder nicht.

Ocke nahm genau wahr, was Christa tat oder vorhatte. Er war zur Stelle, wenn sie etwas brauchte, eine Taxifahrt etwa, ein aufmunterndes Wort oder ein Stück Schokolade. Und sie war irgendwie immer dort, wo er sich aufhielt, in der Küche, auf der Terrasse. Aber das konnte auch Einbildung sein.

«Wollen wir etwas spielen?», fragte Christa.

«Bist du wahnsinnig?», sagte Imke mit geschlossenen Augen. «Mir wäre es jetzt schon zu anstrengend, einen Würfel in die Hand zu nehmen.»

«Reden?», fragte Christa.

«Worüber?»

«Ein Wortspiel vielleicht? Dafür brauchen wir keine Würfel.»

«Viel zu aufregend. Ich möchte nur noch dumpf sein.»

«Ocke?»

Ocke hätte gerne mit ihr gespielt, aber er fühlte sich befangen. Wenn er die Augen öffnete, schaute er auf Christas Bauchnabel, der bei jedem Atemzug bebte, ihre sinnlichen Lippen, den wundervollen Busen, nicht zu groß, nicht zu klein. Ein Spiel, bei dem er mitdenken musste, war in seinem Zustand eine komplette Überforderung.

«Danke, nein», brummte er.

Verdammt, jetzt hielt Christa ihn für einen Spielverderber, er hatte es endgültig vergeigt. Um sich nichts anmerken zu lassen, summte er leise die Melodie der Muppet Show. Und staunte nicht schlecht, als Christa sofort mit ihrem glockenhellen Sopran einstimmte:

*Jetzt tanzen alle Puppen,*
*macht auf der Bühne Licht!*
*Macht Musik bis der Schuppen*
*wackelt und zusammenbricht!*

Und dann ahmten sie unisono den knödeligen Tonfall von Kermit, dem Frosch, nach: «Die sensationellteste, fabelhaftellteste, blödelhaftellteste, muppetionellteste – ja jetzt kommt die super Muppet Show!»

«Wie geht das Lied noch mal weiter?», rief Imke amüsiert.

Bevor jemand eine Antwort geben konnte, stand der blonde Bernd, ihr Postbote, auf der Terrasse.

«Moin!»

Bernd hielt ein Päckchen und einige Briefe in der Hand. Er war ungefähr fünfzig und trug seit den siebziger Jahren immer dieselbe Frisur: lange blonde Koteletten, die dünnen Haare halb über die Ohren. Das Einzige, was sich verändert hatte, war sein Gewicht, das jedes Jahr etliche Kilo nach oben gegangen war. Ocke kannte ihn noch als spitteligen Teenager in Badehose, bei dem jede Rippe unter der Haut zu erkennen war, das konnte sich heute niemand mehr vorstellen.

«Moin, Bernd», grüßte Ocke und kam mühsam hoch. «Willst du 'nen Eistee? Oder Bier?»

Bernd überlegte nicht lange: «Biä? Gähnä.»

Er setzte sich an den großen Tisch, um den herum alle Liegen postiert waren. Ocke stand auf und reichte Bernd eine Flasche, die neben seiner Liege gestanden hatte und sogar noch einigermaßen kühl war. Bernd legte die Post auf den Tisch und blickte neidisch in die Runde.

«Euch geht das bestens, was?»

Ocke zuckte mit den Achseln.

«Wir kommen zurecht. Und selber?»

Bernd verzog das Gesicht.

«Dr. Behnke meint, bei der Post sollten wir wieder umstellen auf Fahrräder.»

Bernd kam immer mit einem knatternden Diesel-Lieferwagen.

«Wieso das denn?», frotzelte Christa. «Bis du die Briefe

aus Wyk mit dem Rad bei uns in Dunsum hast, ist längst Sonnenuntergang.»

Bernd sah sie beleidigt an.

«Wenigstens im Winter», schwächte Christa ab.

«Aber Umwelt dankt», sagte Imke.

Jetzt rieb Bernd sich seinen kugelrunden Bauch: «Nee, der Dokter meint das nicht wegen die Natur, sondern wegen meine Blutwerte.»

«Ärzte sind immer viel zu streng», beruhigte ihn Ocke.

Bernd schöpfte sofort Hoffnung. «Meinst du?»

«Guck dir Dr. Behnke doch mal an mit seiner runden Plauze, ist der ein Vorbild?»

Bernd nickte. «Diät ist auch kein Leben, ich sag euch das!»

Ocke lachte: «Schon mal ausprobiert?»

«Kurz. Ist aber nicht mein Ding.»

Und so plauderten sie noch ein bisschen weiter, abwechselnd über Diäten und Schlemmereien, dann musste Bernd los. Die Post blieb erst einmal unbeachtet auf dem Tisch liegen. Seit überwiegend Rechnungen und kaum noch persönliche Nachrichten kamen, waren Briefe kein besonderes Ereignis mehr. In dem einzigen Päckchen befand sich die neue Ultraschall-Zahnbürste, die Ocke für Christa im Internet bestellt hatte. Das hatte Zeit, sie lehnten sich wieder zurück und genossen die Sonne.

«Summertime ...», summte Christa, und Imke fiel mit geschlossenen Augen ein: «... and the living is easy.»

Irgendwann nahm Ocke dann doch den ersten Brief und riss ihn mit seinen schmalen Fingern auf. Zuerst sagte er gar nichts, dann starrte er nach oben.

«Nein!», rief er. «Verdammt.»

Imke und Christa hatten sich gerade eingesungen und wirkten ein bisschen sauer, dass er sie unterbrach.

«Was ist denn?», fragte Imke.

«Wir sind gekündigt worden!»

Christa und Imke schossen synchron von ihren Liegen hoch: «Was?»

Ocke hielt den Brief hoch.

«Petersen kündigt wegen Eigenbedarf, er will in dieses Haus einziehen.»

Ocke reichte Christa den Brief, die das hochoffizielle Schreiben Wort für Wort las.

«Das ist seine Rache für das Siel», stöhnte sie.

«Welches Siel?», fragte Ocke.

Christa winkte ab. «Und jetzt?»

«Ich würde sagen, das ist ein Fall für unseren WG-Anwalt», sagte Imke.

«Der da wäre?» Ocke war schleierhaft, wie sie einen Anwalt bezahlen sollten.

Imke schaute ihn verständnislos an: «Na ...?»

Ocke überlegte eine ganze Weile, dann war der Groschen gefallen.

«Bösinger? Meinst du das ernst?»

«Kennst du einen anderen?»

«Du weißt nicht, was der kostet ...»

Imke grinste: «Da mach dir mal keine Sorgen, der schuldet mir noch was. Aber das weiß er noch nicht.»

Ocke hatte natürlich geahnt, dass die Bösingers nicht freiwillig krumme Seehunde am Strand verkauft hatten. Zumal das Strafverfahren gegen sie anschließend wie durch ein Wunder eingestellt worden war.

«Hast du die Bösingers rausgehauen?»

Imke winkte ab. «Bin ich der Polizeipräsident, oder was?»

Doch Ocke kannte sie zu gut, als dass er ihr Dementi glauben konnte. Er fragte aber nicht weiter nach.

«Wir müssen uns wehren!», sagte Christa.

«Ach, Leute wie Petersen sitzen doch immer am längeren Hebel», seufzte Ocke resigniert.

«Ausgerechnet Stefan», hielt Christa dagegen, «dieses Weichei!»

Das hörte Ocke natürlich gerne.

«Es wäre schlimm, wenn wir unsere WG auflösen müssten», sagte Imke betrübt.

«Wer redet denn davon?», munterte Christa sie auf. «Bösinger wird uns da raushauen.»

Ocke war da nicht so sicher. «Ob der vor Gericht so schnell ist wie an der Gitarre?»

Alle mussten lachen. Imke bat Christa, von ihrem Schreibtisch die Visitenkarte zu holen, die Bösinger ihr gegeben hatte.

«Dr. jur. Friedrich Bösinger», murmelte Christa, als sie zurückkam.

«Der große Fritz», blödelte Ocke.

Imke stand auf, nahm das tragbare Telefon und verschwand damit in Richtung Marsch. Ocke und Christa sahen sich an. Wollte Imke das im Alleingang lösen? Als sie zurückkam, blickten sie Ocke und Christa erwartungsvoll an.

«Wir können jederzeit zu ihm kommen, er ist noch auf Amrum.»

«Geht das nicht telefonisch?», nörgelte Ocke. Er hatte eigentlich keine Lust, dem Mondgesicht noch mal persönlich zu begegnen.

«So was bespricht man lieber von Angesicht zu Angesicht, es ist zu wichtig.»

«Meint ihr wirklich, er ist der Richtige?», fragte Ocke.

«Als Anwalt wünscht man sich einen Pitbull, der seine Beute nicht loslässt, sobald er einen Fitzel davon zu fassen bekommen hat», sagte Imke. «Und Bösinger ist so einer.»

«Zumindest sieht er aus wie ein Pitbull», rutschte es Ocke heraus. Als Christa und Imke darüber lachten, tat er so, als sei er ehrlich über seine Worte erschrocken: «Das meine ich gar nicht so!»

«In Ordnung», erklärte Christa. «Dann fahre ich mit Ocke zu ihm. Imke, du wirst dich ein bisschen schonen. Wir regeln das.»

«Das hier ist auch mein Zuhause, ich will dabei sein», protestierte Imke und fügte beleidigt hinzu: «Außerdem ist Bösinger *mein* Anwalt!»

«Mensch, Imke, erst auf die Fähre und dann in den Bus nach Norddorf, das ist viel zu anstrengend», mahnte Christa. Womit sie vollkommen recht hatte.

Schließlich hatte Imke die rettende Idee: «Lasst uns mit dem Taxi auf die Fähre fahren. Ich bezahl das auch.»

«Einverstanden», sagte Ocke. Wenn er fuhr und Christa neben ihm saß, konnte Imke es sich hinten bequem machen.

## 23. Dr. Pitbull

Eine halbe Stunde später erreichten sie in Ockes Taxi den Anleger zur Fähre. Ocke hatte etwas zu viel Gas drauf, als er über den Metallabsatz fuhr, sodass einmal die Vorder- und dann noch die Hinterachse laut krachte.

«Hell Driver!», murmelte Imke und löste damit allgemeines Gewiehere aus.

«Wart ihr damals auch bei den Hell Drivers auf dem alten Golfplatz?», rief Christa. «Wann war das noch?»

«Dreiundsiebzig», erinnerte sich Imke. «Ich glaube, es gab keinen Föhrer, der da nicht war.»

«Nee, das war vierundsiebzig!», widersprach Christa.

Ocke lächelte Christa an. «Stimmt. Ich war damals gerade zwei Tage auf Landgang. Wie die mit ihren Fords über die Rampen gejagt sind, und dann – dschhht – über zwei, drei Autos rüber und – Crash!»

«Sie sind mit Opels gefahren, nicht mit Fords», korrigierte Imke.

«Nee, Fords. Ich wollte mir nämlich genau so einen kaufen, wie sie da kaputt gefahren haben. Aber ein Auto lohnte sich damals gar nicht für mich, dafür war ich immer viel zu lange auf See.»

«Trotzdem Ford», sagte Christa augenzwinkernd.

«Wieso zeigen sie heute solche tollen Sachen nicht mehr?»

«Umwelt!», seufzten Christa und Ocke wie aus einem Munde.

Das Autodeck war fast leer. Der Verkehr von Föhr nach Amrum war an diesem Tag überschaubar und bestand überwiegend aus Tagesgästen, die nur mal wissen wollten, wie es auf der Nachbarinsel so aussah. Die «Uthlande» der W.D.R.-Reederei nahm den üblichen Kurs parallel zum Südstrand, der voller Menschen war, die den ganzen Tag nichts anderes machten als im Strandkorb zu liegen und zu schwimmen. Ocke und Christa stiegen aus und stellten sich an den Bug, während Imke auf der Rückbank sitzen blieb und das Fenster herunterkurbelte. Alles roch urvertraut: das hell glitzernde Nordseewasser, das im Sommer vollkommen anders duftete als im Winter; es gab aber auch spezielle Heimatgerüche, die nichts mit der Natur zu tun hatten, wie die Abgase des Schiffsdiesels, die frische weiße Farbe auf dem Geländer und das Sonnenöl der Passagiere.

Jeder Flecken auf dieser Insel erzählte eine Geschichte: Sie dachte an ihre Konfirmation im «Friesendom» in Nieblum, die Fahrradfahrt auf dem Gepäckträger ihrer Mitschülerin Hanne, bei der sich ihre Tracht in den Speichen verfing und einen langen Riss bekam, die erste schüchterne Liebe zu Erik, der die längsten blonden Wimpern besaß, die sie jemals bei einem Mann gesehen hatte, die Hausgeburt ihres ältesten Sohnes Arne, der unglaublich viele Haare hatte, dann die Geburt ihrer anderen Kinder, Geeske, der Mutter von Sönke, Cord und Regina. Das Unterbewusstsein mischte die Erinnerungen nach seiner eigenen Ordnung und Wichtigkeit. Plötzlich tauchte Wilhelm, der alte Schuster mit der abgewetzten Lederschürze, auf, an den hatte sie schon Jahrzehnte nicht mehr gedacht, genauso wie die Referendarin in der Grundschule, deren Namen sie vergessen hatte, weil sie nur ein Vierteljahr auf der Insel geblieben war. Alles, was ihr einfiel, kam ihr so frisch vor wie der Wind hier auf der See, auch wenn es schon so lange zurücklag. Imke war nicht auf dieselbe Art religiös wie die Bösingers, aber sie dankte Gott dennoch mit einem stillen Gebet, dass er dieses Eiland für sie ausgesucht hatte.

Vor ihr standen Christa und Ocke eng nebeneinander. Die beiden redeten kein Wort, sondern blinzelten einfach stumm auf das Wasser, das aus lauter hellen Leuchtpunkten zu bestehen schien. Sie sind sich näher, als es ihnen bewusst ist, dachte Imke und freute sich. Ob es mit ihnen klappen würde? Liebe auf den zweiten Blick? Für sie wäre so etwas undenkbar gewesen, es musste *gleich* knallen, oder es ging gar nicht. Leider hatte sie das nicht vor Irrtümern geschützt. Aber Christa und Ocke passten perfekt zusammen, schon deswegen mussten sie das Haus in Dunsum halten, es war ideal für die beiden – wenn sie mal nicht mehr war. Sie stieg aus und gesellte sich zu ihnen.

«Wenn ihr drei Fotos mit ins Paradies nehmen dürftet, was wäre da drauf?», fragte sie.

«Keine Ahnung, das ist sehr theoretisch», meinte Ocke.

«Meine ersten Fotos vom Watt, die ich als kleines Mädchen aufgenommen habe», sagte Christa.

«Bei mir wäre es ein Gruppenbild mit meinen Kindern und mit euch», sagte Imke. «Johannes ist auch mit drauf. Das zweite wäre eins von der Camden Street in London, mit all dem Gewusel vor den Geschäften, da konnte ich stundenlang im Café sitzen und einfach zuschauen.»

Amrum rückte immer näher.

Ocke schaute nach vorn, wo sich die Hallig Langeneß lang vor ihnen ausstreckte: «Nix vom Wattenmeer?»

Imke schaute ihn verständnislos an: «Wenn es das Paradies gibt, ist es das Wattenmeer! Dann brauche ich kein Foto davon!»

Eine übermütige Welle spritzte über die Bordwand, alle drei sprangen zurück. Dann setzten sie sich wieder ins Taxi. Die Fähre legte in Wittdün an, nicht gerade eine Perle architektonischer Schönheit, aber wunderbar gelegen. Immerhin wurde nach und nach alles «verhübscht», wie es Imke gerne ausdrückte, auch Wyk sah inzwischen viel schöner aus als noch vor drei, vier Jahrzehnten. Imke war froh, dass sie im Taxi gekommen waren, denn die Haltestelle für den Bus nach Norddorf war von einer dichten Traube schwerbepackter Touristen umlagert wie der Bierstand auf einem Volksfest, das hätte sie nur mit Mühe geschafft.

Sie schloss die Augen und spürte, wie sie leicht wegdämmerte. Als sie aufwachte, parkte Ocke sein Taxi gerade hinter dem kakaobraunen Volvo mit Kieler Kennzeichen vor dem vertrauten Haus im Oode Waii, in dem Imke so viele Stunden mit Johannes zugebracht – und einen der peinlichsten Momente ihres Lebens erlebt hatte. Nach den Ereignissen auf ihrer Geburtstagsfete begegnete man sich wenigstens wieder auf Augenhöhe, was sie sehr erleichterte.

Kaum hatten sie die Wagentüren geöffnet, kamen schon die Zwillinge angesaust. Sie hatten sich zwei Zöpfe gebunden und beide einen der erbärmlichen Seehunde in der Hand, die ihr Vater am Wyker Südstrand verkauft hatte.

«Das ist Muck.»

«Und das ist Muckel.»

Zum Glück ahnten sie nicht, was für eine Demütigung diese Schmusetiere für ihre Eltern gewesen waren, sie würden es wohl auch nie erfahren. Imke und Christa hatten auf der Fähre Schokolade als Mitbringsel gekauft, wie es sich für ältere Damen gehörte. Die Mädchen führten die drei ums Haus herum in den Garten, wo Herr und Frau Bösinger im Schatten unter einem Apfelbaum saßen. Sie standen sofort auf und gaben ihren Gästen freundlich die Hand. Man merkte, dass ihnen die Ereignisse der letzten Tage in den Knochen saßen, das war vermutlich mehr an Aufregung und Peinlichkeit gewesen als in ihrem ganzen bisherigen Leben.

«Danke, dass Sie uns helfen wollen», sagte Imke.

Bösinger hatte nicht eine Sekunde gezögert, als Imke ihn angerufen und ihm von der Kündigung erzählt hatte.

«Sagt mal, wollen wir uns nicht endlich duzen?», schlug Herr Bösinger vor. «Ich heiße ganz altmodisch Friedrich.»

«Susanne», stellte sich seine Frau vor.

«Wie wir heißen, wisst ihr ja», kürzte Imke die Vorstellungsrunde ab. Mit dem «du» war sie einverstanden, aber am liebsten hätte sie «Herr Bösinger» und «du» gesagt. Das wäre in Deutschland aber nur gegangen, wenn sie Kollegen an der Supermarktkasse gewesen wären: «Herr Bösinger, machst du mal 'nen Fehlbon?»

Susanne brachte Apfelkuchen und Tee in einer Thermoskanne. Der Schattenplatz unter dem Baum war sehr angenehm, denn inzwischen war es noch heißer geworden, das Thermometer zeigte knapp unter 32 Grad an. Laut Wetterbericht lagen Mallorca und Föhr mit der Hitze gleichauf.

Friedrich nahm seine Brille ab und rieb sich die Augen. Dann setzte er sie wieder auf und nahm das Kündigungsschreiben von Petersen in die Hand, das Ocke ihm reichte. Alle am Tisch schwiegen betreten. Von Friedrichs Einschätzung würde abhängen, ob sie ausziehen müssten oder nicht.

«Ich habe eine gute und eine schlechte Nachricht für euch», verkündete der Anwalt, nachdem er den Brief mehrmals gelesen hatte.

Imke, Christa und Ocke sahen sich ängstlich an.

«Ich will die schlechte zuerst hören», murmelte Ocke.

«Nee, lieber die gute», widersprach Christa.

Bösinger schaute die drei ernst an. «Wir können das

Ganze hinauszögern. Aber in einem Jahr seid ihr draußen, tut mir leid.»

Imke war schockiert: «Endgültig?»

Friedrich verzog entschuldigend das Gesicht: «Leider. Falls Herr Petersen nicht selbst in das Haus einzieht, holen wir uns auf jeden Fall die Umzugskosten wieder.»

Imke sandte ein stilles Stoßgebet in den Himmel. Sie ahnte, worauf das hinauslief: Wenn sie nichts tat, würde vermutlich alles so ablaufen, wie Friedrich es vorausgesagt hatte. Sie könnten noch ein Jahr bleiben, und dann wäre es vorbei mit ihrer WG. Und was würde das für ein Jahr werden, wenn man ständig den Vermieter im Nacken hatte? Allein bei der Vorstellung wurde ihr schon schwindelig. Es gab praktisch keine bezahlbaren Wohnungen für Einheimische auf Föhr, weil alle Immobilien zu Spitzenpreisen an wohlhabende Hamburger oder Düsseldorfer verhökert wurden. Wieder mal würde es nur eine Möglichkeit geben, ihrem Schicksal zu entkommen: Friesische Diplomatie. Bloß würde es viel komplizierter werden als mit Brockstedt, weil sie es hier mit einem harten Gegner zu tun hatten, der sich persönlich beleidigt fühlte und nicht einmal von der Insel stammte. Von ihrer schwindenden Kraft ganz zu schweigen. Aber vielleicht war ihre Kraftlosigkeit überhaupt der perfekte Ausweg ...

«Imke, bist du noch bei uns?», fragte Christa.

Erschrocken blickte Imke auf. Sie hatte gar nicht gemerkt, dass sie völlig abgetaucht war.

«Parallel zu dem ganzen Schriftkram können wir auch selber etwas tun!», rief sie entschlossen in die Runde, anstatt auf Christas Frage einzugehen. Alle schauten sie verblüfft an.

«Und was?», fragte Christa neugierig.

«Ich rede mit Petersen.»

«Du kennst ihn nicht.»

Imke lächelte milde. «Genau das ist mein Vorteil, Christa.»

«Ich habe ihn gedemütigt, das erträgt er einfach nicht», erwiderte Christa.

«Deswegen wurde ja die UNO gegründet.»

«Na, dann haben wir ja Glück», sagte Christa ironisch.

«Allerdings», bestätigte Imke und deutete auf sich, «denn die UNO bin ich!»

Wenn sie drei, vier Tage durchschlief, war sie vielleicht stark genug für den ersten Angriff.

## 24. Föhrer Messebau

Ocke staunte, wie viel ein Mensch schlafen konnte. Imke brachte es am nächsten Tag auf ganze sechzehn Stunden! Als sie gegen Mittag aufwachte, sah sie trotzdem so schlecht wie noch nie zuvor aus. Sie war blass und hatte einen leeren Blick. Christa versorgte sie erst mal mit frischem Obst, und Ocke kochte ihr eine kräftige Hühnersuppe mit viel Gemüse.

Nach dem Essen zog sich Imke ihren neuen goldenen Morgenmantel über den Seidenpyjama und legte sich in Ockes Bettschrank. In seinem Zimmer sah es nach der abgebrochenen Auszugsaktion immer noch reichlich chaotisch aus, überall lagen Umzugskartons und Regalteile herum. Ocke hatte Imke dazu verdonnert, Christa gegenüber die Klappe zu halten, die offizielle Version war: Er wollte renovieren, basta!

«Was möchtest du sehen?», fragte Ocke mit der Fernbedienung seiner Riesenglotze in der Hand.

«Lass einfach laufen», bat Imke.

Ocke überlegte einen kurzen Moment und entschied sich dann fürs ZDF, wo gerade der Vorspann für eine Telenovela lief.

«Laut genug?», fragte er.

«Wunderbar.»

«Können wir sonst noch etwas für dich tun?», erkundigte sich Christa.

«Eine neue Wohnung suchen.»

«Wird erledigt.»

Sie wussten alle drei, dass es auf Föhr unendlich schwer sein würde, eine bezahlbare Wohnung oder ein Haus zu finden. Auf Sylt hatte das dazu geführt, dass die Hälfte aller Insulaner aufs Festland gezogen war, meist in die Gegend von Klanxbüll, wo es besonders billig war. Von dort fuhren sie jeden Tag mit dem Nahverkehrszug eine Station weiter auf die Insel, was nicht länger als ein paar Minuten dauerte. Aber nach Föhr fuhr nun mal kein Zug.

Tatsächlich gab es aber schon Putzkolonnen und Handwerker, die täglich mit der ersten Fähre nach Föhr kamen und mit der letzten zurückfuhren. Das bedeutete alles in allem zwar mehr als zwei Stunden Fahrzeit, war aber immer noch billiger, als auf der Insel zu wohnen.

«Friedrich hat vorhin angerufen», sagte Ocke. «Er hat wegen eines Formfehlers bei der Kündigung Widerspruch eingelegt. Darauf muss Petersen jetzt erst mal reagieren. Friedrich sagt, das wird sich einige Zeit hinziehen und ihm großen Ärger bereiten.»

«Trotzdem müssen wir realistisch sein: Am Ende werden wir gefeuert», erinnerte ihn Christa.

Ocke kratzte sich am glatt rasierten Kinn, was sich ohne Bart immer noch fremd anfühlte.

«Hauke hätte vielleicht was in Toftum.»

«Kutschen-Hauke?», staunte Christa. «Wo hat der denn was zu vermieten?»

«Keine Ahnung, hab ich von Hinnerk.»

Imke schaute ihn und Christa aufmunternd an. «Also, worauf wartet ihr noch?»

«Ich lasse dich hier nicht allein», sagte Christa.

«Wieso das denn nicht?»

«Weil ich Sönke hoch und heilig versprochen habe, dass ich dich nie mehr allein lasse.»

Ocke wusste, dass Christa einen Anruf von Sönke bekommen hatte. Das Telefongespräch war ihr immer noch unangenehm, weil Sönke natürlich mit allen Vorwürfen recht gehabt hatte.

«Lass mal gut sein, Imke», brummte Ocke. Auch er machte sich Vorwürfe, dass er an dem Tag von Imkes Wattwanderung nicht besser auf sie aufgepasst hatte. Nach der Wasserschlacht hatten er und Christa Imke einfach vergessen, da ließ sich nichts beschönigen.

«Ich würde ja gerne wieder ins Watt gehen», bekannte Imke ganz offen, «auch gegen euren Willen. Aber schaut mich an, ich bin einfach zu schlapp.»

«Es kann ja auch mal was anderes schiefgehen.»

«Das Schlimmste, was mir passieren kann, ist, obdachlos zu werden. Also raus hier! Ich will Fernsehen gucken.»

«Hey, das ist immer noch mein Zimmer», protestierte Ocke und schaute nun Christa fragend an. «Bis Toftum sind es zehn Minuten», überlegte er laut.

Christa legte Imke das Telefon nebens Bett und speicherte ihre Handynummer ein. Im Notfall musste Imke nur die Wahlwiederholungs-Taste drücken, um sie zu erreichen. Christa ließ sich das einmal von Imke vorführen, was prompt schiefging, weil Imke Telefon und Fernbedienung verwechselte. Beim zweiten Mal klappte es aber, und so konnten Ocke und Christa einigermaßen beruhigt losfahren.

Für Ocke war es ein wunderbares Gefühl, als Christa neben ihm im Taxi Platz nahm. Er befürchtete nämlich, dass die Wirkung seines Ständchens langsam abflauen und im WG-Alltag untergehen könnte. Sein zweiter Schritt war längst überfällig, Händchen halten oder so etwas, nur, das traute er sich einfach nicht. Auch Christa war vorsichtig, obwohl sie seine Nähe sichtlich mehr suchte als zuvor. Jedenfalls bildete er sich das ein. Was er nicht wissen konnte: Fühlte sich Christa vielleicht nur geschmeichelt und nutzte es aus, dass er um sie herumtanzte und alles für sie tat? Nein, so war Christa nicht. Die ganze Situation stresste ihn, jeder weitere Tag ohne Klärung wurde zum Experiment mit ungewissem Ausgang. Insofern war es gut, durch die Wohnungssuche abgelenkt zu sein.

Als er Richtung Toftum fuhr, schaute Ocke zufrieden durch die klare Windschutzscheibe, die er vorhin noch mit einem alkoholgetränkten Lappen von unzähligen Insektenresten befreit hatte. Wenigstens etwas bekam er hin. Am sonnigen Himmel standen perfekte, rundliche Schäfchenwolken, es war nicht zu warm und nicht zu kalt, typische Föhrer Hauptsaison.

Zehn Minuten später standen sie auf dem Hof von Hauke Hansen, wo ein alter Toyata-Landcruiser ohne Türen seit Jahren vor sich hingammelte. Auch sonst sah alles sehr heruntergekommen aus, überall lagen Eisenschrott und feuchtes Holz herum. Ausnahme war die neue Scheune, in der Haukes alte Kutschen lagerten, die er seit Jahren sammelte, um sie zu restaurieren.

Hauke saß mit einer Flasche Korn in der Hand auf einem Reifenstapel neben der Scheune. Ein großer, massiger Mann mit vollem grauen Haar. Er trug seine Arbeitskluft, schwarze Gummistiefel und braune Latzhose, und begrüßte Christa und Ocke mit den Worten: «Lasst euch nicht stören, mir ist gerade die Frau weggelaufen.»

Was den beiden merkwürdig vorkam, weil seine Scheidung schon einige Jahre her war und Hauke seitdem keine neue Frau gefunden hatte.

«Tut mir leid», sagte Ocke, ohne weiter nachzufragen. An sich war Hauke ein feiner Kerl, das wusste Ocke, aber seine Scheidung hatte ihn vollkommen aus der Bahn geworfen. Sein Sohn lebte weit weg in Kanada und besuchte ihn nur selten. Immerhin funktionierte Hauke noch so weit, dass er die nahe gelegene Biogasanlage regelmäßig mit Mais beliefern konnte. Ocke nahm Haukes Zustand als Mahnung: Wenn es ganz dumm lief mit Christa, würde er bald auch so da sitzen ...

«Du hast 'ne Wohnung zu vergeben?», fragte Christa.

«In 'ner Scheune», nuschelte Hauke.

Christa schaute Ocke unsicher an: «Äh ...?»

«Schauen können wir ja mal», sagte Ocke, der sich allerdings auch nicht vorstellen konnte, dass sie bald in einer Scheune leben würden. Er ging mit Christa hinein. Der Innenraum war vollgestellt mit prächtigen alten Kutschen. Hauke hatte einen Teil des Lagerraums mit dünnen Rigipswänden ausstaffiert, was eher an einen Messestand erinnerte als an Wohnraum, es gab nicht einmal Fenster.

Hauke fand das offenbar völlig normal. «Der Rest wird noch gemacht.»

Die Wahrheit war, es gab kein Bad und kein WC, und Hauke besaß auch kein Geld mehr, um weiter zu bauen, das wusste jeder auf der Insel. Davon einmal abgesehen, war die Idee von einer Wohnung in der Scheune von Vornherein schwachsinnig.

Ocke sah, wie enttäuscht Christa war, und nahm kurz entschlossen ihre Hand. Sie schaute ihn verblüfft an und ließ sich von ihm zu einer offenen gelben Kutsche führen, wo er einen Spruch aus Goethes *Faust* zitierte, der ihm aus seiner Schulzeit hängengeblieben war: «Mein schönes Fräulein darf ich's wagen, mein Arm und Geleit Ihr anzutragen?»

Christa reagierte prompt, denn auch bei ihr war der *Faust* Pflichtlektüre gewesen: «Bin weder Fräulein weder schön, kann ohngeleit nach Hause gehn.»

Ocke lächelte sie glücklich an, im Spiel war alles so einfach.

«Es stinkt», bemerkte Christa leicht pikiert und zog ihre Hand weg. Tatsächlich kam vom Misthaufen vor der Tür eine penetrante Duftwolke herein.

«Fenster kommen noch», versprach Hauke, doch Christa und Ocke bedankten sich nur kurz und stiegen in den Wagen. Hier wollte niemand gerne wohnen.

Zurück im Taxi pochte Ockes Herz auf Hochtouren. Christas Hand zu nehmen war der nächste Schritt nach dem Ständchen gewesen. Genau genommen war es sogar ein riesiger Sprung, auch wenn er ihn als Spiel getarnt hatte. Und falls es nicht so gestunken hätte, wer weiß … Zum Glück war die Tour mit Christa noch nicht zu Ende. Am Morgen hatte Ocke noch eine Annonce im Anzeigenblatt *Wir Insulaner* gefunden, in der ein renovierungsbedürftiges Altenteil mitten in der Marsch angeboten wurde.

«Ich rufe erst einmal Imke an», sagte Christa, nahm ihr Handy und stellte auf laut, damit Ocke mithören konnte.

«Ja?», kam es schluchzend aus dem Hörer. Imke weinte!

Ocke und Christa sahen sich schuldbewusst an. Das war wohl reichlich schiefgegangen.

«Imke, ich bin's», rief Christa besorgt. «Was ist passiert?»

«Patrick hat seine Lena gerade bekommen.»

«Welcher Patrick?»

«Der im Fernsehen natürlich. Es ist dermaßen romantisch …!»

«Wirklich alles gut?»

«Nein. Wie denn auch? Lena ist krank, sie wird vielleicht sterben! Stör mich bitte nicht weiter.»

Man hörte ein Klacken, Christa schaute Ocke verdattert an.

«Aufgelegt.»

Sie lachten beide erleichtert auf und fuhren in die sonnige Marsch, die in ihrem satten Grün geradezu selbstgefällig wirkte. Beim Vorbeifahren starrten kauende Kühe sie teilnahmslos an. Die Schönwetterwolken ließen ihre Schatten über die Felder tanzen, es gab hier alles, nur keinen Stillstand. Der einzige triste Fleck weit und breit war das völlig heruntergekommene Haus hinter hohen Büschen, das aus bröckeligen, roten Klinkern bestand. Ocke rollte mit dem Taxi auf die grasüberwucherte Einfahrt und überprüfte zur Sicherheit noch einmal die Adresse: Sie stimmte, leider.

Zögerlich gingen sie über das Grundstück, obwohl sie eigentlich sofort hätten umdrehen können. «Renovierungsbedürftig» war reichlich untertrieben, von Amts wegen hätte das Gebäude abgerissen werden müssen, auf dem Dach fehlten etliche Ziegel, es würde überall hineinregnen.

«Wir werden Föhr verlassen müssen», sagte Christa.

Doch diesmal war es Ocke, der noch nicht aufgeben wollte. «Lass uns zu diesem Makler aus Flensburg, der das Büro in Nieblum aufgemacht hat.»

«Schnösel-Feddersen?»

«Der kostet zwar drei Monatsmieten, aber besser als keine Wohnung, würde ich sagen.»

«Du hast recht.»

Zehn Minuten später hielt Ocke vor einem mondänen weißen Friesenhaus in Nieblum. Neben der Tür hing ein blank poliertes, anthrazitfarbenes Glasschild mit der Firmenaufschrift FEDDERSEN IMMOBILIEN. Die Tür war nicht abgeschlossen, und es gab keine Klingel, das war schon mal sympathisch. Über eine schmale Holzstiege gelangten

Ocke und Christa ins Büro in der Dachetage. Die Treppe sah ziemlich ausgetreten aus, was wohl nicht an der Masse von Kunden lag, die täglich aufliefen, sondern daran, dass hier vorher der Bürgermeister gewohnt hatte und davor ein Geldverleiher ...

Feddersen sprang von seinem Stahlschreibtisch auf, als sie hereinkamen. Der blonde Seitenscheitelträger war ungefähr dreißig Jahre alt und trug einen dunkelblauen Pullover über dem weißen Hemd, dazu Jeans. Er empfing sie wie alte Freunde – was er mit allen Kunden so machte, wie Ocke annahm.

«Moin! Schön, dass Sie zu uns kommen.»

Ocke kam ohne Umwege zur Sache.

«Wir wohnen auf der Insel und suchen was Neues.»

«Beest dü fan feer?», fragte Feddersen auf Friesisch.

*Kommst du von Föhr?*

«Jä was, schocht' m det?»

*Ja, sieht man das?*

Er lachte. «Sorry, da hört mein Friesisch schon auf. Aber ich freue mich. Wissen Sie, ich bin nicht der typische Schickimicki-Makler vom Festland. Insulaner sind wichtig für die Insel Föhr.»

Ach ja?

«Hätten Sie denn was?», fragte Ocke.

«Zwei Personen?»

«Nee, zu dritt. Wir sind eine WG.»

«Eine WG? In Ihrem Alter? Suuuuper, ich liebe so etwas, suuuper.» Feddersen tippte ein paar Daten in den PC und sprach dabei laut mit: «Drei Zimmer plus Gemeinschaftszimmer, Küche, zwei Bäder, alles ebenerdig – so weit genehm?» Er drückte schwungvoll die Return-Taste. Irgendwas hatte der genommen, so wie er unter Strom stand. «Da haben wir auch schon etwas!», trällerte er in Verkäufer-Singsang.

«Wo?»

«Midlum.»

«Kostet?»

Feddersen lächelte geheimnisvoll: «Eine Alten-WG muss man in jedem Fall unterstützen. Ich mache Ihnen einen Sonderpreis. ‹Frage nicht, was dein Land für dich tun kann, sondern was du für dein Land tun kannst›, ist es nicht so? Sie haben als Rentner doch etwas Zeit mitgebracht, nehme ich an?»

«Könnten wir uns das Haus nicht erst einmal auf dem Bildschirm ansehen?», fragte Christa.

«Wenn Sie ein Rezeptbuch lesen, wissen Sie auch nicht, wie das Essen schmeckt. So etwas muss man riechen und sich dann auf der Zunge zergehen lassen, das ist bei Immobilien nicht anders.»

Ocke schaute Christa fragend an.

«Also gut», sagte er.

Ocke und Christa folgten Feddersens flaschengrünem Landrover-Defender nach Midlum. Auch wenn der Makler reichlich überdynamisch wirkte, hörte sich das Objekt vielversprechend an. Am Haus angekommen, parkte Feddersen direkt neben dem Rosengarten von Gerald Brockstedt – ausgerechnet!

«Na, Brockstedt wird sich freuen», wisperte Christa kichernd. «Die Chaoten-WG als Nachbarn.»

Feddersen deutete auf das perfekt renovierte Friesenhaus mit Reetdach, Terrasse und Garten, viel schöner als das der Brockstedts, und hob jetzt die Stimme wie ein Reiseleiter: «Hier stehen wir vor dem Wochenendhaus eines Reifenhändlers aus Eckernförde. Der gute Mann hat sich gerade was Neues an der Schlei gekauft und will es nun loswerden.»

«Wir wollen aber nicht kaufen», erwiderte Ocke.

«Rechnen Sie das mal in Ruhe durch, das ist viel billiger als mieten», versprach Feddersen.

«Nicht in unserem Alter.»

Feddersen schloss die Tür mit einem kleinen goldenen Sicherheitsschlüssel auf. «Schauen Sie erst einmal, dann reden wir.»

Das Haus war ein Traum. Ein riesiges Wohnzimmer mit Kamin, geräumige Zimmer für alle, auch im ersten Stock, sämtlich mit Parkett und Fußbodenheizung ausgestattet, und alles unter Reet. Dazu kam ein schöner Garten mit viel Rasen, der von einer von wilden Hagebuttensträuchern umwucherten Natursteinmauer umgeben war. Mehr war auf dieser Welt kaum möglich – jedenfalls nicht im friesischen Teil dieses Planeten.

«Mietfrei im Alter zu wohnen ist ein großes Thema!», rief Feddersen schwungvoll.

«Wir wollen aber mieten», wiederholte Christa. «Was würde das kosten?»

Er lächelte.

«Na gut, weil Sie es sind, bekommen Sie von mir einen Sonderpreis: Zweitausenddreihundert kalt, plus Nebenkosten.»

Statt einer Antwort starrten Ocke und Christa nur stumm in die Luft. Natürlich hatten sie gehofft, ein Schnäppchen zu machen, aber die genannte Summe war leider zu erwarten gewesen.

«Vielen Dank», brummte Ocke und nahm Christas Arm, um sie sanft hinauszudrängen. Warm kämen sie da auf fast dreitausend, das war ein Phantasiepreis, den sie nicht bezahlen konnten. Aber Feddersen hatte noch einen Joker auf Lager:

«Wenn Sie die Wohnung im Sommer für drei Monate räumen, wären es nur tausendneunhundertfünfzig kalt. Dann vermieten wir das Haus an Feriengäste.»

«Und wo wohnen wir in der Zeit?», muffelte Ocke ihn an und ging mit Christa hinaus.

Im Auto sah Christa Ocke schuldbewusst an. «Wenn ich Petersen nicht geschubst hätte, wäre alles gut.»

«Quatsch, das hat er verdient.» Ocke sah ihr entschlossen ins Gesicht. «Lass uns mal einen Moment Pause machen, damit wir wieder einen klaren Gedanken fassen können.» Sagte es und fuhr mit ihr nach Nieblum an den Surferstrand, der außerhalb des Ortes lag. Dort holt er seine Gitarre aus dem Kofferraum und suchte eine abgelegene Düne, die nicht von den Surfern belagert war. Das Meer spülte sanft, fast beiläufig, kleine Wellen an den Strand, die letzten Schönwetterwolken hatten sich verzogen, und die Sonne schien an einem blauen Himmel.

Ocke wollte Christa endlich gestehen, was er für sie empfand. Deswegen sang er Christa ein Liebeslied: *Ich liebe dich, meine leuchtende Perle, du funkelndes Wasser, das den Berg hinunter zu mir fließt, damit ich es trinken kann …*

Natürlich tat er das nicht.

Das heißt, er sang das Lied schon, aber nicht auf Deutsch, sondern in der Originalsprache der Kiri-Batis, wie es ihm ein Seemannskollege an Bord eines Containerfrachters beigebracht hatte. In dem unbekannten Südsee-Dialekt klang alles völlig unverfänglich.

«Das Lied ist total schön», sagte Christa und strich sich das Haar hinters Ohr. «Worum geht es darin?»

Ocke strich verlegen über den Gitarrencorpus.

«Um einen bunten Fisch in einer Lagune, der den Frieden in die Welt bringt.» Er wunderte sich selbst, dass ihm das spontan eingefallen war.

Christa strahlte ihn an: «Herrlich.»

Ocke freute sich, dass es ihr gefiel. Doch so schön das war, so kamen sie nicht weiter. An diesem Tag ein zweites Mal Christas Hand zu nehmen, traute er sich allerdings auch nicht, trotz der traumhaften Kulisse. Immerhin hakte sich Christa auf dem Rückweg zum Taxi bei ihm ein.

# 25. Wohnung auf Rezept

Imke setzte ihre Schonphase fort. Sie ließ die Aufputschmittel von Dr. Behnke weg, schlief einige Tage lang jeden Morgen bis neun und legte sich nach dem Frühstück auf die Terrasse. Nach dem Mittagessen döste sie noch einmal von eins bis drei, die klassische Mittagsruhe, die es über weite Teile ihres Lebens gegeben hatte. Damals waren die Geschäfte sogar um diese Zeit geschlossen, wie übrigens auch am Mittwochnachmittag. Nach der Tagesschau verschwand sie zur besten Sendezeit um 20.15 Uhr im Bett. Leider änderte das nur wenig, die Kraft kam einfach nicht wieder. Ihr war oft schwindelig, und sie fühlte sich die meiste Zeit schlapp.

Am Dienstag kam ihr geliebter Enkel Sönke zu Besuch, um zu sehen, wie es ihr ging. Zum Glück lag sie da zufällig nicht im Bett, sondern saß in der Küche und trank einen unglaublich gesunden Kräutertee, der zum Speien schmeckte.

«Wo sind Ocke und Christa?», fragte Sönke.

«Mal wieder auf Wohnungssuche.»

«Sind die beiden jetzt ein Paar?» Nach dem Ständchen, das er mit angesehen hatte, war das eine durchaus berechtigte Frage.

«Wird sich zeigen.»

Plötzlich fing Sönke an, wie irre zu lachen, und dann tanzte er auch noch mit einem Stuhl.

«Und bei dir ist alles klar, mein Junge?», erkundigte sich Imke besorgt.

«Bestens!», schrie Sönke.

«Du bist seltsam, Sönke.»

Ihr Enkel tanzte weiter. «Ich freue mich über Christa und Ocke.»

«Nein.»

«Doch.»

Imke zog die rechte Augenbraue hoch. «Da ist noch was anderes.» Für bestimmte Dinge besaß sie einen untrüglichen Instinkt.

«Was meinst du?», fragte Sönke harmlos.

Plötzlich strahlte Imke, und ihr lief ein Schauer über den Rücken.

«Wenn ein Mann sich so verhält wie du, gibt es nur einen Grund dafür.»

«Er hat sich endlich sein Traumauto gekauft», juchzte Sönke und grinste ihr ins Gesicht.

Imke schüttelte den Kopf. «Nein, das andere.»

«Was meinst du, Oma?»

Ja, sie kannte ihren Enkel genau und war sich jetzt ganz sicher. «Ist es wahr?»

«Was denn?»

«Maria ist schwanger?»

Sönke schaute sie kurz etwas verunsichert an. «Jaaaaaa!», schrie er dann und schien sich kein bisschen für die Tränen zu schämen, die ihm die Wangen hinabliefen. «Und weißt du, Maria ist sich jetzt schon ganz sicher, dass es ein Mädchen wird. Und wir wollen sie Imke nennen, nach dir!»

In diesem Moment spürte Imke eine Kraft in sich aufsteigen, die die Wirkung der Tabletten von Dr. Behnke um ein Vielfaches übertraf.

Imke war den ganzen Tag überglücklich und sagte sich immer wieder den einen Satz auf: Ich werde Urgroßmutter! Ich werde Urgroßmutter!

Sönke und Maria würden tolle Eltern werden, da war sie sich sicher. Imke dachte an ihre eigenen Urgroßeltern zurück, die sie nur aus Erzählungen kannte. Sie waren im 19. Jahrhundert geboren, um 1860, und es gab nur ein paar wenige Schwarzweißfotos von ihnen, mehr nicht. Ihr Urgroßvater hatte zeit seines Lebens einen Vollbart getragen und präsentierte sich um die Jahrhundertwende auf Bildern stets mit Monokel und feinem Anzug am Sandwall. Aber irgendwie war er ihr immer fremd geblieben. Tondokumente und Filme gab es in der Familie Riewerts erst seit den Super-8-Filmen der sechziger Jahre. Unter anderem war die Sandburg dokumentiert worden, die Sönke, Maria und Arne zusammen gebaut und für die sie einen Preis gewonnen hatten.

Hoffentlich erlebte sie noch die Geburt der Kleinen, dann würde sie sich mit dem Baby filmen lassen, und das Kind könnte später angeben: «Schau, ich habe noch meine Urgroßmutter kennengelernt.»

Imke freute sich wie wahnsinnig auf das Kind. Leider musste sie vor den anderen die Klappe halten, das hatte sie Sönke geschworen, und daran hielt sie sich auch.

Nach zwei weiteren Tagen Ruhe war sie so weit. Christa und Ocke waren mit der Wohnungssuche nicht weitergekommen, also beschloss sie, zu Petersen zu fahren. Sie hatte einen Plan.

Nach einer morgendlichen Wechseldusche aus extrem heiß und extrem kalt machte sie sich auf den Weg. So ausgeschlafen hatte sie sich lange nicht mehr gefühlt, außerdem hatte sie zur Sicherheit die Tabletten von Dr. Behnke in ihrer Handtasche – aber nur für den Notfall. Ein Kollege von

Ocke fuhr sie direkt von der WG zu Petersens Praxis, die sich in einem schmucklosen Einfamilienhaus in der Nähe des Südstrands von Wyk befand.

Entschlossen drückte Imke die Klinke der Eingangstür runter. Der Vorraum der Praxis war von weißen Neonlampen beleuchtet, was jetzt, im Sommer, besonders unangenehm wirkte. Die Sprechstundenhilfe Gaby Schulenberg wunderte sich, als Imke am Anmeldetresen vor ihr stand:

«Moin, Imke, was machst du denn hier? Bist du nicht sonst bei Dr. Behnke?»

Gaby war eine Schulfreundin ihrer Tochter Regine gewesen, sie hatte als Kind oft bei ihnen gespielt.

«Besser, man holt sich eine zweite Meinung.»

Gaby senkte die Stimme: «Was Ernstes?»

«Geht man zum Doktor, wenn es *nichts* Ernstes ist?», erwiderte Imke vielsagend.

«Ich muss mir doch keine Sorgen machen?»

«Wenn ich nicht gerade zwei Stunden warten muss, nicht.»

«Du kommst gleich dran, setz dich mal ganz nach vorne. Übrigens noch mal herzlichen Glückwunsch zum Geburtstag.»

«Danke.»

Imke setzte sich in das sterile Wartezimmer. Spätestens wenn man hier warten musste, wurde man wirklich krank, fand sie. Zugegeben, sie war von ihrem Hausarzt Dr. Behnke extrem verwöhnt. Nicht nur, dass sie privat befreundet waren, Walter Behnke hatte ein altes Reetdachhaus zur Praxis ausgebaut, man saß im Wartezimmer direkt unter dem Dach, und im Winter wurde in der Mitte des Raumes sogar ein Herdfeuer entzündet. Dr. Petersen hingegen stand auf die üblichen Lamellen vor den Fenstern und kalte Stahlrohrstühle im kahlen Raum. Das heißt, hier und dort hingen Fotos von großen Tennisereignissen im Leben des Stefan

Petersen: Stefan als Teenager mit Jugendpokal; Stefan, der mit ausgestrecktem Schläger einen beeindruckenden Hechtsprung hinlegt; Stefan beim gemischten Doppel unter Palmen. Imke fand das peinlich. Nicht, weil Petersen keine gute Figur auf den Fotos machte, sondern weil es ihr zu eitel und privat war. Fürs Wartezimmer gab es zur Not die klassische Moderne von Klee bis Miró, das passte besser als so eine aufgeblasene Selbstdarstellung.

Als Imke aufgerufen wurde, kam Petersen betont dynamisch auf sie zu. «Moin, Frau Riewerts, was kann ich für Sie tun?» Er führte sie ins Sprechzimmer.

«Moin, Herr Petersen», Imke ließ sich auf einen unbequemen Freischwinger fallen, der etwas nachfederte. «Also, ich leide unter Schlaflosigkeit.»

«Wie lange schon?»

«Seit einigen Tagen.»

Petersen nickte. «Ist etwas Besonderes passiert?»

«Ja, meine Wohnung ist gekündigt worden.»

«Das ist nicht schön.» Der Arzt sprach in jenem herablassenden Tonfall, in dem manche Menschen mit kleinen Kindern und Omis redeten.

«Nee.»

«Und haben Sie schon was Neues?»

Imke riss die Augen so weit auf, wie sie konnte, und schaute ihn verzweifelt an: «Auf der Insel ist das schwer.»

«Wohl wahr.»

«Meine Schlaflosigkeit ist aber heftig.» Sie ließ ihn nicht aus den Augen.

Jetzt nahm Petersen einen billigen Kugelschreiber in die Hand, auf dem das Emblem einer Pharmafirma prangte. Er überlegte wohl schon, welches Medikament er ihr verschreiben würde; da sie als Beamtenwitwe ja Privatpatientin war, durfte es gerne etwas Teures sein ...

«Wie viele Stunden schlafen Sie denn?», erkundigte er sich.
«Vier höchstens.»
Petersen verzog besorgt das Gesicht. «Das ist zu wenig.»
«Allerdings.»
«Dann verschreibe ich Ihnen etwas, das Sie entspannen wird. Vorher messe ich aber noch mal Ihren Blutdruck und höre die Lungen ab.»

Imke beugte sich etwas vor und legte ihre rechte Hand auf seinen Schreibtisch: «Oder Sie sorgen dafür, dass ich meine Wohnung behalten kann, indem Sie Ihre Kündigung zurückziehen.»

Petersens Miene wechselte von übertrieben freundlich zu arrogant.

«Nur weil Christa Sie beim Siel ins Wasser gestoßen hat ...», setzte Imke nach.

Jetzt entglitten Petersen die Gesichtszüge, damit hatte er nicht gerechnet. So ähnlich könnte er ausgesehen haben, als er nach Christas Stoß im Graben herumgerudert hatte.

«Raus!», rief er und wurde knallrot.
Imke blieb sitzen. «Herr Petersen ...!»
«Raus!»

So barsch war Imke noch nie angefahren worden, schon gar nicht von einem Arzt. «Wie heißt das Zauberwort?», fragte sie, obwohl sie längst eingesehen hatte, dass ihre Mission gescheitert war.

Petersen sprang auf. «Ich brauche kein Zauberwort! Das ist meine Praxis, und ich habe hier Hausrecht! Hauen Sie ab, auf der Stelle!»

Imke blinzelte ihn böse an. «Föhr ist eine kleine Insel, vergessen Sie das nicht. Man trifft sich immer wieder.»
«Lächerlich!»
«Auf Wiedersehen, Herr Dr. Petersen», sie erhob sich.

«Schönen Tag dann noch», keifte Petersen ihr hinterher.

Imke ging hinaus und setzte sich ins Wartezimmer, in dem drei Leute saßen: Gerd von der Stackmeisterei, Jens Jensen vom Café Friesentraum und Karen-Ann, die Eisverkäuferin aus Oevenum.

«Bist du schon fertig beim Doktor, Imke?», fragte Gaby, die Sprechstundenhilfe.

«Ja», stöhnte Imke und hielt sich krampfhaft am Stuhl fest. Plötzlich war ihr schrecklich übel, was Gaby zunächst gar nicht mitzubekommen schien, weil sie gerade etwas in den PC eintippte. Kurze Zeit später stürzte Petersen aus dem Behandlungsraum. Als er sah, dass Imke immer noch nicht gegangen war, verlor er erneut die Beherrschung.

«Haben wir uns nicht verstanden?», dröhnte seine Stimme in ihr Ohr. «Gehen Sie!»

Zum Glück bemerkte Gaby jetzt, dass irgendetwas mit ihr nicht stimmte.

«Frau Riewerts geht es nicht gut», zirpte sie dazwischen.

«Quatsch, die simuliert!» Petersen zischte wieder in sein Behandlungszimmer ab, und nun wurde Imke schwarz vor Augen.

«Der Frau geht es wirklich nicht gut», beschwerte sich Karen-Ann bei Gaby, «wo ist denn der Doktor?»

Gaby eilte zu ihr. «Imke, was machst du für Sachen?», flüsterte sie.

Das klingt wie auswendig gelernt, dachte Imke noch. Dann schlief sie ein.

Als sie wieder aufwachte, drehten Sprechstundenhilfe Gaby und Dr. Petersen sie gerade in die stabile Seitenlage.

«Lass sie einen Moment hier liegen», ordnete Petersen an. Fast widerwillig legte er ihr eine Blutdruckmanschette an. Ihr Blutdruck war tatsächlich viel zu niedrig.

«Wir betten sie auf die Liege nebenan, du bleibst bei ihr», befahl er seiner Assistentin. Dann verschwand er.

Imke kam wieder zu Kräften, nachdem Gaby ihr ein Glas Wasser gebracht hatte.

«Ich will hier weg», murmelte sie. «Kannst du Ocke rufen? Er soll mich mit dem Taxi abholen.»

## 26. Pladdäreeg'n

«Pladdäreeg'n» nannte Ocke das, was am nächsten Vormittag gegen die Scheiben des Gemeinschaftszimmers prasselte. Dieses Wort ließ sich nur sehr vage ins Hochdeutsche mit «Platterregen» übersetzen; «Pladdäreeg'n» traf es viel genauer, man musste es schnell und gleichzeitig breit aussprechen. So wie man von den Inuit sagte, sie hätten zahlreiche Wörter für Schnee, gab es in Nordfriesland mindestens ebenso viele Ausdrücke für Regen. Wobei die Wetterstatistik das feuchte Image eigentlich widerlegte: Föhr hatte erheblich mehr Sonnenstunden als das Festland.

Aber an diesem Tag war eben mal Pladdäreeg'n. Mal kam er von oben, mal schräg von der Seite, mal frontal gegen die Scheibe geprasselt. Die Kuhlen und Senken auf den Feldern der Marsch und auf nicht befestigten Wegen füllten sich im Nu, im Garten der WG bildete sich ein richtiger kleiner Teich.

Ocke saß mit Imke und Christa auf der Couch. Christa hatte Tee gekocht und ein paar selbst gebackene Kekse bereitgestellt. Für einen Moment kam es Ocke so vor, als sei er richtig mit Christa zusammen. Aber es war nichts passiert, und wenn er Pech hatte, würde auch nichts passieren.

Schreckliche Vorstellung.

«Wie soll es nun weitergehen mit unserer WG?», sorgte sich Imke.

«Auf jeden Fall ist jetzt mal Schluss mit deinen Alleingängen, Imke», schimpfte Christa.

«Ich sehe es ja ein.»

Christa sah ihr skeptisch in die Augen.

«Was braucht es, um Petersen umzustimmen?», fragte Ocke und beantwortete die Frage gleich selbst: «Nicht viel.»

«So?», wunderte sich Christa.

Imke streckte die Beine aus. «Denn vertell mal.»

«Wir machen da weiter, wo du aufgehört hast, Imke», sagte er. «Haben wir nicht alle so unsere Wehwehchen? Und wer kann uns besser behandeln als …?»

«Dr. Stefan Petersen», ergänzte Christa mit leuchtenden Augen.

«Ab jetzt kommen seine Mieter täglich in seine Praxis», sagte Ocke.

Christa nickte begeistert: «Als lebendes Mahnmal.»

«Er wird das nicht mögen!»

«Das hoffe ich sehr.»

«Wir sollten Trauerkleidung dabei tragen», überlegte Imke. «Das kommt noch besser.»

«Wieso das?», wunderte sich Ocke.

«Bist du *nicht* in tiefer Trauer, weil wir das Dach überm Kopf verlieren?», fragte Imke zurück.

«Die Idee ist ja nicht schlecht, aber wir haben Sommer, so ein schwarzer Schlips bringt mich um», nörgelte er.

«Deinen schwarzen Anzug hast du beim Ständchen für mich auch überlebt», säuselte Christa. «Er steht dir außerdem hervorragend.»

Ihm wurde ganz warm. Christa sprach das erste Mal über sein Ständchen! War das ein Zeichen?

«Wir müssen uns noch Krankheiten ausdenken», stotterte er.

«Das muss ich zum Glück nicht», freute sich Imke, «Altersschwäche, Tüddeligkeit, zu niedriger Blutdruck, Schwindel, das sollte genügen.»

«Es muss etwas Akutes sein, damit er uns nicht zurückweisen kann», meinte Ocke.

«Ich bin leider kerngesund», klagte Christa.

... und traumschön, ergänzte Ocke im Stillen.

«Komm, wir gehen ins Internet», schlug Imke vor. «Irgendetwas finden wir schon.»

Zusammen hockten sie sich vor Christas Laptop. Wie nicht anders zu erwarten, wurde im weltweiten Netz eine Vielzahl von schwer diagnostizierbaren Krankheiten beschrieben, die Petersen einiges abverlangen würden. Wie auf einem Basar begannen sie auszuhandeln, wer von ihnen bei Petersen welches Leiden angab. Eigentlich hatten Christa und Ocke beschlossen, die Sache allein durchzuziehen, aber Imke bestand darauf, mitzukommen. Mit Christa und Ocke an ihrer Seite sei sie bestens beschützt. Andernfalls müsste Christa mit ihr zu Hause bleiben. Außerdem: Wo wäre sie im Falle eines Falles besser aufgehoben als in einer Arztpraxis?

Der Pladdäreeg'n hielt sich hartnäckig. Als Ocke, Christa und Imke in schwarzer Kleidung zu Ockes Taxi gingen, sahen sie aus wie ein Trauerzug. Ein älterer Spaziergänger, der zufällig an ihrem Haus vorbei Richtung Deich ging, kondolierte, indem er kurz seine Mütze abnahm. Das nahmen sie als gutes Omen: die Kostümierung funktionierte.

Imke, die hinten saß, schloss auf der Fahrt sofort die Augen, während Ocke und Christa in stillem Einvernehmen vorne saßen. Vor Petersens Praxis in Wyk hielt er an. Das Gebäude war nichts Besonderes, es sah so aus, als hätte es sich jemand in den siebziger Jahren aus einem Standardhaus-Katalog bestellt.

Ocke ging als Erster hinein. Ihn kannte Petersen am besten, denn er hatte damals den Mietvertrag unterschrieben. Im Treppenhaus strömte ihm ein starker Geruch nach Lavendel entgegen; woher der wohl kam? Ein bisschen nervös war er schon, als er an der Tür klingelte. Immerhin würde er gleich seinem zwanzig Jahre jüngeren Rivalen gegenüberstehen. Die Geschichte zwischen Christa und Petersen war zwar offiziell vorbei, aber woher sollte er wissen, ob sie nicht immer noch Gefühle für ihn hatte? Da fiel ihm Kohfahls Tipp ein: «Wenn Sie nervös sind, versuchen Sie sich vorzustellen, dass seine Füße ekelig riechen.»

In den Praxisräumen musste sich Ocke erst einmal an die Helligkeit gewöhnen. Während draußen tiefschwarze Wolken ihre feuchte Last ausschütteten, blendete Ocke hier drinnen ein grelles Weiß von Wänden, Möbeln und unzähligen Neonlampen.

«Moin, Ocke», grüßte Gaby.

«Moin, Gaby, hü gongt et?»

«Schietwetter.»

Der Regen schlug laut gegen die Scheiben.

«Och, das wird wieder.»

In diesem Augenblick bog Dr. Petersen um die Ecke. Bei Ockes Anblick verzog er das Gesicht. «Wenn Sie mich privat sprechen wollen – ich habe keine Zeit.»

Gaby sah erst Ocke, dann ihren Chef erstaunt an.

«Ich bitte um medizinische Behandlung», sagte Ocke ruhig.

«Vergessen Sie's.»

Ocke zückte ein Handy und drückte auf eine Kurzwahltaste, die er vorher eingespeichert hatte. «Wie Sie wollen, Herr Dr. Petersen.»

Der Angesprochene lief leicht rot an. «Handy ist hier streng verboten», blökte er.

«Kein Problem.» Ocke ging vor die Tür und kam nach ungefähr zwanzig Sekunden wieder.

«Soll ich die Polizei rufen, damit Sie endlich abhauen?», rief Petersen.

Jetzt kam die Sprechstundenhilfe mit dem schnurlosen Telefon von der Rezeption zu ihrem Chef und hielt es ihm hin.

«Herr Dr. Petersen ...»

«Jetzt nicht!»

Gaby wich keinen Schritt zurück: «Es ist aber wichtig.»

«Haben Sie Tomaten auf den Ohren? Jetzt nicht!»

Gaby blieb einfach stehen, sie sah etwas unglücklich aus, was Ocke leidtat, denn er hatte die Situation verursacht.

«Die Techniker Krankenkasse ist dran, es geht um Herrn Ocke Hansen», sagte Gaby.

Petersen sah sie verärgert an. «Ich rufe zurück.»

«Die sagen aber, es ist dringend.»

«Das sagen sie immer, ich rufe zurück.»

Gaby ging zurück zur Rezeption: «Hören Sie, der Herr Doktor kann gerade nicht ... Ja ... ja ...»

Petersen wandte sich an Ocke: «Ich gehe jetzt in mein Zimmer, und wenn ich wiederkomme, sind Sie verschwunden.»

«Nein.» Ocke verschränkte die Arme vor der Brust.

Nun kam Gaby wieder und drückte ihrem Chef den Hörer einfach in die Hand. «Sie sollten besser mit denen reden. Es ist irgendwas mit der Kassenzulassung ...»

«Stellen Sie durch», gab Petersen nach und verschwand in seinem Sprechzimmer. Nach einer Minute kam er wieder heraus. Er sah so aus, als hätte ihm ein Schwächling gerade eine Ohrfeige verpasst. «Herr Hansen, bitte», rief er mit zitternder Stimme.

Ockes Krankenkasse hatte es gar nicht witzig gefunden,

dass Petersen einen ihrer Versicherten aus reiner Willkür nicht behandeln wollte.

Sobald Ocke die Tür hinter sich geschlossen hatte, begann Petersen zu schreien: «Wenn Sie denken, Sie haben gewonnen, nur weil Sie Ihre Kasse gegen mich aufhetzen, dann täuschen Sie sich, das schwöre ich Ihnen! Ich lass mich hier nicht für dumm verkaufen!»

Ocke schaute ihn desinteressiert an: «Und weiter?»

«Nix weiter!»

Jetzt beugte Ocke sich zu ihm vor: «Sie haben eine schöne Wohnung mitten in Wyk. Warum sollten Sie nach Dunsum ziehen?»

«Meine Sache.»

Durch die Sprechanlage kam die Stimme der Sprechstundenhilfe: «Eine Frau Christa Schmidt möchte Sie sprechen.»

Ockes Augen blitzten freudig auf: «Meine Mitbewohnerin.»

«Ich habe gerade einen Patienten!», brüllte Petersen in die Anlage.

«Und Frau Imke Riewerts von gestern ist wieder da», kam es ergänzend hinterher.

Ohne zu klopfen, kam Christa herein und baute sich vor Petersen auf. Sie wirkte absolut souverän und kein bisschen aufgeregt, Ocke war schwer begeistert.

«Du hasst die Marsch – hast du selber gesagt! Warum solltest du ausgerechnet dorthin ziehen?»

«Sparen wir uns doch die Scharmützel», schlug Ocke vor. «Sie nehmen die Kündigung zurück, und alles ist gut.»

Petersen lehnte sich auf seinem Stuhl zurück und wippte nervös hin und her. «Das habt ihr schön ausgeheckt. Aber so läuft das nicht. Ihr werdet mir nicht vorschreiben, was ich mit meinem Haus mache. Das ist meine Privatsache, da hilft euch keine Krankenkasse dieser Welt. Und jetzt raus, alle beide!»

Ocke schaute ihn wütend an. «Und mein Rücken?»

«Was ist mit Ihrem Rücken?»

Jetzt wurde Ocke laut: «Ich habe seit vier Wochen aasige Rückenschmerzen.»

Petersen griff in seine Schreibtischschublade und zog eine Tablettenpackung heraus. «Da! Nehmen Sie das ...» Er warf ihm die Tabletten verächtlich über die Tischplatte.

«Und Krankengymnastik?»

«Gehen Sie öfter schwimmen.»

«Das mache ich jeden Tag dreimal eine halbe Stunde. Wenn man direkt hinterm Deich wohnt, ist das ganz normal.»

Petersen griff zum Rezeptblock und kritzelte seine Unterschrift auf das Papier. «Gut, zwölf Mal Physiotherapie, jetzt aber ...!»

Christa hatte die ganze Zeit dabeigestanden und nichts gesagt. «Hör mal zu, mein Schubsen war vielleicht etwas zu impulsiv», erklärte sie nun.

«Wieso ‹vielleicht›?» Petersen starrte sie feindselig an. «Es war *auf jeden Fall* zu impulsiv, ich musste mir sogar neue Schuhe kaufen, das Leder war vollkommen hin.»

«Schick mir die Rechnung.»

«Sowieso.»

«Aber deswegen musst du uns nicht kündigen, das trifft auch Unschuldige.»

«Es ist *mein* Haus!»

«Wir werden nicht ausziehen», sagte Ocke.

Petersen lachte höhnisch. «Dann zieht der Gerichtsvollzieher euch eben an den Ohren heraus.»

Christa stand auf und sah ihn verächtlich an, was für Ocke natürlich ein Fest war.

«Wir werden uns jetzt öfters sehen, Herr Dr. Petersen», kündigte Ocke an.

Mit diesen Worten verließen er und Christa das Sprechzimmer.

Die erste Runde war gut gelaufen. Kein K.-o.-Sieg, was auch nicht zu erwarten gewesen war, aber ein Punktsieg allemal. Christa und Ocke gingen ins Wartezimmer, wo Imke saß.

«Muss ich auch noch rein?», fragte sie.

«Nö.»

Christa hinterlegte bei Sprechstundenhilfe Gaby einen Umschlag. Darin lag ein Brief mit der Bitte um Rücknahme der Kündigung, Petersen brauchte nur zu unterschreiben. Wenn er das nicht tat, würden sie Montagmorgen wieder in seinem Wartezimmer sitzen, erst vormittags, dann nachmittags, um am Dienstagvormittag wiederzukommen. Und im Gespräch mit den anderen Patienten würden sie bereitwillig erzählen, was für ein «Gutmensch» der Doktor in ihren Augen war. Das würde Petersen gar nicht gefallen, und er könnte wenig dagegen machen. Als sie wieder im Taxi saßen, war die Stimmung dementsprechend fröhlich.

«Heute ist Freitag», juchzte Christa. «Das wird ihn das Wochenende über beschäftigen.»

Ocke schüttelte verständnislos den Kopf: «Heißt das etwa, du willst ihn am Wochenende in Ruhe lassen?»

## 27. Die Grönland-Frage

Am Samstag herrschte in ganz Nordfriesland ein hochsommerliches, warmes Wetter – während der Rest der Republik mit Starkregen zu kämpfen hatte. Allein das gab den Urlaubern und Insulanern das Gefühl, privilegiert zu sein und sich – im wörtlichen Sinne – auf der Sonnenseite zu befinden.

Ocke hatte sich mit Christa und Imke vorsichtshalber schon um acht auf den Weg zu Petersens Apartment gemacht. Nun warteten die drei, bis sich hinter den Jalousien etwas regte. Der Herr Doktor schlief anscheinend aus, denn bis zehn Uhr passierte gar nichts. Imke schloss ein wenig die Augen, Ocke schaute stumm aus dem Fenster und dachte an Christa, die neben ihm saß und ebenfalls döste. Dann endlich erschien Petersen auf seinem Balkon, streckte sich gähnend in der frischen Luft aus und wollte den gewohnten Blick auf den Strand werfen, der noch in einem leichten Sommernebel lag. Doch dann rieb er sich die Augen und sah genauer hin. Drei Menschen in schwarzer Trauerkleidung standen ungefähr zwanzig Meter entfernt auf der anderen Straßenseite und starrten ihn an.

«Was wollt ihr?», rief er ihnen zu.

Sie gaben keine Antwort.

Hinter ihm tauchte eine Dunkelhaarige mit Locken auf

und sah ihn fragend an. Das war nicht seine Frau! Altersmäßig hatte sich Petersen nach Christa offensichtlich komplett umorientiert. Sie war bestimmt zwanzig Jahre jünger, obwohl sie dafür reichlich verlebt aussah.

«Haut ab», schrie Stefan Petersen.

Die WG-Bewohner zeigten keine Reaktion. Man konnte beobachten, wie die Dunkelhaarige ihn ängstlich etwas fragte und Petersen beschwichtigend, aber offenkundig genervt auf sie einredete.

«Haut endlich ab», schrie er erneut.

Und tatsächlich zogen sie jetzt ab.

Ocke parkte sein Taxi in einer Nebenstraße im Schatten und drehte die Klimaanlage hoch.

«Alles klar mit dir, Imke?», fragte Christa.

«Mir geht's bestens.»

«Eigentlich ist es ja Terror, was wir hier veranstalten», überlegte Christa.

«Und was ist das, was Petersen macht? Alte Leute auf die Straße setzen?», fragte Imke.

Die Idee zu dieser Aktion beruhte auf einem Zeitungsartikel, den Ocke vor etlichen Jahren mal gelesen hatte. Ein Inkassobüro hatte damals Herren in Anzug und Melone eingesetzt, die nichts anderes taten, als überall aufzutauchen, wo die Schuldner arbeiteten oder wohnten. Sie standen einfach nur da und bewegten sich nicht vom Fleck. Wenn der Schuldner sie ansprach, überreichten sie ihm wortlos eine Visitenkarte des Gläubigers. Diese Methode war damals sehr erfolgreich gewesen, die meisten zahlten nach kurzer Zeit, weil sie es nicht aushielten, permanent an ihre Schulden erinnert zu werden.

Keine halbe Stunde später hatte sich Petersen entschlossen, die Flucht anzutreten. Sein Geländewagen raste mit hoher Geschwindigkeit aus der Tiefgarage, Ocke, Imke und Christa hinterher. Die Fahrt dauerte nicht lange, sie endete vor demselben Tennisplatz im Rugstieg, auf dem Christa und er sich getroffen hatten. Ocke kam es vor, als läge das Lichtjahre zurück. Diesmal stellten sich die drei demonstrativ an eine offene Stelle des Zaunes, damit Petersen sie sah. Es dauerte trotzdem eine ganze Weile, bis er sie bemerkte. Zunächst saß er mit seiner Tussi im Tenniscafé, bestellte etwas und knutschte dann mit ihr herum. Erst als das Frühstück auf dem Tisch stand, warf er einen entsetzten Blick auf den Zaun hinter dem Spielfeld. Jetzt hatte auch seine junge Begleitung die drei entdeckt und zeigte zu ihnen herüber. Sie schien völlig auszuflippen, sprang auf und rannte weg, Petersen spurtete hinterher. Dann kam er wieder an den Tisch, alleine. Er wollte sich offenbar nicht unterkriegen lassen und tat so, als ob er ganz genüsslich frühstückte.

«Kommt, wir ziehen ab, das ist mir zu langweilig», sagte Imke.

Die anderen waren einverstanden.

Am Nachmittag saß Petersen im wunderschönen Café Valentino am Sandwall: erste Reihe, vor sich der Strand, dahinter der freie Blick aufs Wattenmeer und die Hallig Langeneß. Es war Ebbe, und statt des Wassers bevölkerten Hunderte Urlauber den Sand. Erst hatte Petersen ausgiebig Zeitung gelesen, dann war er mit einer alleinstehenden, dunkelhaarigen Touristin ins Gespräch gekommen.

«Diesmal liegt er mit dem Alter wieder einigermaßen gleichauf», bemerkte Ocke, als sie sich etwas entfernt in ihrer Trauerkleidung auf die Promenade stellten. Imke nahm auf dem Klappstuhl Platz.

«Was Frauen anbelangt, scheint er vollkommen wahllos zu sein», stellte Christa leicht beleidigt fest.

«Sagen wir, er ist flexibel», korrigierte sie Imke.
«Meinst du, er wird weich?», fragte Ocke.
«Er ist auf jeden Fall nicht so stark, wie er aussieht.»
Plötzlich stand Petersen vor ihnen: «Sehr witzig.»
Die drei schauten durch ihn hindurch.
«Wir sind Rentner und haben unendlich viel Zeit», sagte Ocke mit Blick zum Horizont.

Petersen ging wieder zu seinem Tisch, an dem seine Neueroberung wartete, und fühlte sich sichtlich unwohl. Christa ging zu ihm, legte ihm wortlos Briefpapier und einen Kugelschreiber neben seinen Cocktail, dann machten sie sich davon. Sie wollten unbedingt bei Rita in der Altstadt ein Eis essen.

Als sie zum Café Valentino zurückkamen, war Petersen verschwunden. Ocke ging nach drinnen zur Bar, wo ein sympathischer Kellner mit Elvistolle gerade ein paar Gläser polierte.

«Moin, wat kann ick für Sie tun?», fragte der Barkeeper mit Berliner Akzent.

«Moin. Ist bei Ihnen zufällig ein Brief für mich abgegeben worden?»

«Wie heißense denn?»

«Ocke Hansen.»

Der Kellner nickte und zog einen Umschlag aus der Schublade: «Wohngemeinschaft Ocke Hansen aus Dunsum?»

«Genau.»

«Bitte sehr.»

Ocke nahm den Umschlag an sich und riss ihn auf. Unglaublich, Petersen hatte tatsächlich unterschrieben! Die Kündigung war vom Tisch!

«Drei Kir Royal bitte», sagte er und winkte Christa und Imke zu sich an die Bar.

Nach dem Drink ließen sie sich von einem Kollegen Ockes zurück in ihr Haus nach Dunsum fahren. Imke wollte nach dem anstrengenden Tag und dem Kir Royal sofort ins Bett. Sie war so müde, dass sie sogar auf ihr duplo verzichtete, das Christa ihr bereitgelegt hatte, und schlief auf der Stelle ein.

Ocke und Christa schlenderten zusammen auf den Deich. Es war jene sommerliche Abendzeit, an der der Sonnenuntergang noch ungefähr eine Stunde bevorstand. Vor ihnen breitete sich das Wattenmeer mit den Inseln Sylt und Amrum aus, wie ein verlässlicher Freund, der stets für sie da war. Ocke hatte sich vorgenommen, mit Christa noch etwas ins Watt zu gehen, auf Imkes Spuren sozusagen. Aber bevor er das tat, musste er einfach wissen, wo er bei Christa stand. War es jetzt Zeit, aufs Ganze zu gehen? Und wenn ja, wie könnte das aussehen?

«Die Zeichen einer Frau sind oft schwer zu deuten, sie können immer Liebe und Abweisung gleichzeitig bedeuten», hatte Kohfahl ihm bei ihrem Treffen gesagt. «Es liegt allein an Ihnen, was Sie glauben.»

Ja, was denn nun? Das half Ocke nicht weiter.

Christa war braun geworden in den letzten Tagen, sie hatte sich ein weißes T-Shirt und die sandfarbene Leinenhose angezogen, die ihr Maria zum letzten Geburtstag geschneidert hatte. Ocke hatte Tausende von schönen Sonnenuntergängen zu allen Jahreszeiten gesehen, aber dieser war anders. Wenn Christa «nein» sagte, fiel er genau an den Punkt zurück, an dem Imke ihn zum Therapeuten geschleppt hatte, und er würde sofort von der Insel fliehen.

Egal, jetzt musste es passieren.

Alles war besser als dieses ewige flaue Gefühl der Unsicherheit. Er würde nicht ohne eine Antwort in das WG-Haus zurückkehren. Also legte er sich die Worte im Kopf zurecht: «Christa, wir sind uns ja in letzter Zeit um einiges näher gekommen ...»

War das gut?

Nein, zu gestelzt.

Er war wirklich kein Mann des Wortes.

«Weißt du, Christa, ich finde es richtig schön mit dir. Wollte ich nur mal so sagen.»

Erbärmlich.

Was leider gar nicht ging, war einfach die Wahrheit auszusprechen: «Ich liebe dich, Christa.»

Als er noch dabei war, nach den richtigen Worten zu suchen, meldete sich Christa zu Wort, wofür er ihr dankbar war. «Jetzt, wo das hier geregelt ist, werde ich erst einmal weggehen», kündigte sie an und starrte aufs Wasser.

Ocke schluckte, das war das Ende seiner Träume. «Ach so? Wohin denn?»

«Nach Grönland. Da gibt es so einen Ort, an dem die Gletscher ins Meer abbrechen, da wollte ich immer schon mal hin. Die schwimmen da direkt an einem vorbei, wie Häuser. Tja, und danach vielleicht noch nach Island.»

Christas Augen leuchteten – leider nicht für ihn.

Sollte er jetzt noch etwas über seine Gefühle sagen? Überflüssig, das wäre eine Einbahnstraße gewesen! Wenn Christa auch nur irgendetwas für ihn empfinden würde, würde sie niemals wegfahren.

«Und wie lange, dachtest du?»

«Vier Monate mindestens.»

Das war es dann! Tschüs, Christa!

«Und was wird mit Imke? Soll ich ...»

«Sönke wird sich um sie kümmern, ich habe schon mit ihm gesprochen.»

Und wer kümmert sich um mich?, fragte sich Ocke im Stillen.

«Was sagst du?», fragte Christa.

«Spielt doch keine Rolle», nuschelte er verbittert.

Christa sah ihn unsicher an. «Wieso nicht?»

«Mmmh.»

Ocke fühlte sich wieder dahin verwiesen, wo er immer gelandet war: in die Ecke der Disco, als stiller, gehemmter Zuschauer, der für niemanden wichtig ist. Er hatte Christas Zeichen in der letzten Woche offensichtlich falsch gedeutet. Wie hätte es auch anders sein können?

Christa schaute aufs offene Meer. «Ich habe Angst», gestand sie.

«Dann komme ich eben mit nach Grönland», sagte Ocke. Dann beugte er sich zu ihr herab und küsste sie. Christa krallte sich in seinen Haaren fest und erwiderte den Kuss.

Es ging alles wie von selbst.

## 28. Familie Riewerts hebt ab

Der Wyker Flughafen lag in der Nähe des Golfplatzes und erinnerte eher an eine Schafweide als einen Airport in der Großstadt. Vom Kinderspielplatz blickte man über den hüfthohen Zaun auf die Landebahn direkt dahinter, man konnte nur hoffen, dass ein zu hoch gespielter Ball nicht mal ein startendes Flugzeug erwischte. Neben dem Zugang zum Rollfeld befand sich ein Hundenapf mit Wasser für die Vierbeiner. Der Tower sah so aus, als hätte man ihn einer Modellanlage entnommen und gerade so weit vergrößert, dass echte Menschen mit gebücktem Rücken darin Platz fanden.

Sönke und Maria kamen etwas zu früh. Wenn man genau hinschaute, sah man inzwischen einen kleinen Bauch bei ihr, und wenn man noch genauer hinschaute, bei Sönke auch. Warum *er* in der Schwangerschaft zunahm, war ihm ein Rätsel und nervte ihn. Aber das wollte er heute vergessen, denn heute war Omas großer Tag! Maria und er passierten den Clubraum des Luftsportclubs Föhr und setzten sich in das kleine Flughafenrestaurant mit den Holzpaneelen an den Wänden. Auch das erinnerte eher an eine Skatkneipe als an einen Airport. Der Raum war vollgehängt mit Ölbildern von den Doppeldeckern.

Durchs Fenster hatten sie Ausblick auf den kleinen Parkplatz draußen und sahen nun, wie Ocke mit seinem alten Taxi vorfuhr und Imke, Christa, Regina und Arne mitbrachte. Christa und Ocke strahlten sich mit leuchtenden Augen an und gingen Hand in Hand aufs Restaurant zu. Sönke fand, dass sie das schönste Paar der Insel waren. Als Oma hereinkam, lachte Sönke sie erst einmal aus: Sie war in einem ockerfarbenen Overall erschienen, wie Piloten ihn zu Zeiten der Doppeldecker trugen, es fehlte nur noch die Ledermütze.

«Oma, die Maschinen sind heutzutage geschlossen», beruhigte sie Sönke.

Imke hob beleidigt den Kopf.

«Weiß ich doch. Aber sicher ist sicher.»

Außer dem Piloten durften noch drei Leute mit in dem Sportflugzeug sitzen. Sönke hatte sich auf einen Familienstreit um die Plätze eingestellt, doch komischerweise war außer ihm und Maria niemand versessen darauf, das kleine Flugzeug zu besteigen.

Ein blonder Hüne mit einer großen Nase kam nun an ihren Tisch. Sie kannten ihn, er hieß Thies und hatte auf Omas Party CDs aufgelegt.

«Moin! Ihr wollt einmal übers Wattenmeer?»

«Bist du etwa der Pilot?», fragte Regina misstrauisch.

Thies fand das gar nicht witzig. «Was dagegen?»

«Nee, nee.»

Thies hatte auf Omas Party erst extrem viel von der Bowle getrunken und dann irgendwann sein DJ-Pult verlassen, um selbst alberne Verrenkungen auf der Tanzfläche zu machen. Sönke konnte sich schwer vorstellen, dass dieser Mann in der Lage war, ein Fluggerät sicher zu steuern.

«Der ist vorbestraft wegen Betrugs», flüsterte Maria Sönke zu.

«Und du bist schwanger, das ist viel schlimmer», wisperte Sönke.

«Wie jetzt?»

«Muss man denn alles riskieren?»

«Wenn du alleine fliegst, und es passiert was, wächst unser Kind ohne Vater auf. Auch nicht schön.»

«Also alle oder keiner?»

Oma deutete jetzt auf eine Holzleiste neben dem Tresen, an der zwei Dutzend abgeschnittene Schlipse hingen.

«Was ist das?», fragte sie Thies.

«Eine alte Fliegertradition. Nach dem dritten Alleinflug ohne Lehrer wird dem Piloten der Schlips abgeschnitten.»

«Ich hoffe, das haben Sie lange hinter sich!»

«Keine Sorge.» Thies verschwand kurz, um die letzten Vorkehrungen für den Flug zu treffen.

Regina drückte ihre Mutter zum Abschied fest an sich. «Mama, alles Gute, Mast- und Schotbruch.» Sie überreichte ihr ein Lunchpaket in einer Tupperdose, was reichlich übertrieben war, denn sie flog ja nicht nach Australien, sondern nur eine Runde übers Wattenmeer.

Auf die Tupperdose verzichtete Imke lieber: «Das ist lieb gemeint, Reginchen, aber ich esse das lieber hinterher. Ich bin froh, wenn mein Magen den Flug ohne Probleme übersteht.» Sie zeigte Regina eine Spucktüte, die sie sich in die Brusttasche ihres Overalls gesteckt hatte.

Arne umarmte seine Mutter ebenfalls. «Ich wollte nicht mit», gestand er verlegen. «Das Wasser hat zwar keine Planken, aber die Luft irgendwie noch weniger.»

«Ich wusste gar nicht, was ihr alle für Memmen seid», rief Imke und lachte ihnen ins Gesicht. Der bevorstehende Flug versetzte sie in Hochstimmung. Das sei das schönste Geburtstagsgeschenk ihres Lebens gewesen, betonte sie immer wieder. Auch Ocke und Christa verabschiedeten sie mit Küsschen auf die Wange. Thies schlurfte nun lässig an den Tisch und baute sich schlecht gelaunt vor Sönke, Oma und Maria auf.

«Die Maschine ist betankt, es kann losgehen», nölte er freundlich.

«Mensch, Maria, und du willst wirklich mit?», sorgte sich Imke.

«Was soll denn passieren, Oma?»

Regina machte ein letztes Foto mit ihrem Handy von ihrer Mutter, dann stand Imke auf und hakte sich bei Maria und Sönke unter. Langsam gingen sie auf das Flugfeld zu der Cessna.

«Das Wetter könnte besser sein», warnte Thies, «der Wind liegt heute bei fünf bis sechs, es kann also etwas wacklig werden.»

Oma winkte ab: «Vollkommen egal, wenigstens scheint die Sonne.»

Sie bestand darauf, hinten bei Sönke sitzen zu dürfen. Es war gar nicht so leicht, sie in die Maschine zu hieven. Sönke legte ihr den Bauchgurt um und schnallte sich selbst an. Einen Moment zögerte er. Oma sah zwar zu allem entschlossen, aber doch etwas blass aus. Hoffentlich übernahm sie sich nicht. Doch da startete Thies bereits den Motor, der überraschend laut war. Maria drehte sich lächelnd nach hinten und hob den Daumen. Thies verteilte Kopfhörer mit eingebauten Mikrophonen an alle, sodass sie sich trotz des Motorenlärms verständigen konnten, nur Oma lehnte ab.

Langsam lenkte Thies die C-172 auf dem unebenen Rasen auf Startposition und bat beim Tower um Starterlaubnis.

«Geit klor», rief der Fluglotse über Funk. Das lief vom Tonfall hier etwas lockerer ab als auf den großen Verkehrsflughäfen.

Dann tauschte Thies noch in schlechtem Englisch irgendwelche Zahlen mit dem Tower aus. Plötzlich schoss die

Cessna mit aufheulendem Motor nach vorn und rumpelte über den unebenen Rasen, was für Sönke gewöhnungsbedürftig war. Es dauerte ewig, bis die kleine Maschine Fahrt aufnahm: Würde sie den Weg über die Baumwipfel schaffen? Er vergewisserte sich kurz bei Thies, dass alles in Ordnung war.

Statt einer Antwort hoben sie ab.

Als sie gerade über Baumhöhe waren, erfasste eine starke Seitenböe das Flugzeug und ließ es nach Steuerbord über den Golfplatz abdriften, Thies korrigierte ruckartig mit dem Steuerknüppel nach, die Maschine wurde kräftig durchgerüttelt. Oma lachte nur darüber und schaute begeistert durch das Seitenfenster nach unten. Föhr lag wie eine satte, grüne Perle im Wattenmeer, eingefasst und beschützt von Amrum und Sylt. Der Kirchturm von St. Johannis in Nieblum war deutlich zu erkennen, die bunten Strandkörbe in Utersum, das Nordseewasser, das Föhr umgab, glitzerte fast überirdisch in der Sonne, Seehunde lümmelten sich auf den Sandbänken. Thies zog die Maschine langsam weiter hoch und steuerte Richtung offene See, das Flugzeug lag nun viel ruhiger in der Luft.

Sönke drehte sich um zum Leuchtturm von Hörnum. Zwischen den Inseln und Halligen lagen unzählige Priele, die sich gerade mit frischem Wasser füllten. Selbst von hier oben konnte man die reißende Strömung erahnen. Im Watt waren die Abschnitte mit Sandrippeln deutlich zu erkennen, dazwischen die Sandbänke mit den Seehunden und die Stellen, die sich unter der Fußfläche anfühlten wie kalt gewordener Grießpudding, wie Sönke von seinen unzähligen Wattwanderungen wusste. Er stellte sich vor, dass die großen und kleinen Pfützen miteinander sprechen konnten, zusammen mit den Sandbänken und den Seehunden, den Steinen und dem Wasser. Alle würden durcheinanderreden, und trotzdem würde sich aus den vielen Stimmen ein harmonischer, überirdischer Chor ergeben.

«Es ist das Paradies», seufzte er ins Mikrophon.

Dann nahm er den Kopfhörer ab und rief es noch mal seiner Oma entgegen, die ohne Verkabelung einfach so auf ihrem Sitz saß: «Es ist wunderbar, oder?»

Doch Oma war ganz tief eingeschlafen.

Sönke lächelte.

Erst auf den zweiten Blick erkannte er, dass sich bei ihr etwas verändert hatte.

# 29. Biikebrennen

Der folgende Winter auf Föhr war ungewöhnlich kalt, der Frost hatte die Insel mit Minustemperaturen bis 15 Grad fest im Griff. Felder, Bäume und Reetdächer waren von einer dicken weißen Schneedecke überzogen. Im Wyker Hafen stauten sich die Eisschollen, die Fähren hatten Mühe, zum Festland durchzukommen.

Am Nachmittag des 21. Februar war es besonders kalt, und die rötlich-gelbe Sonne musste einige Himmelsschichten mehr als im Sommer durchdringen, weshalb die Lichttemperatur so warm wie in keiner anderen Jahreszeit war. Auch wenn man sich mehrere Pullover und Jacken übereinander anziehen musste, waren das für Insulaner die schönsten Momente auf Föhr.

Vor dem Polizeirevier am Hafen hatte sich eine Gruppe von annähernd fünfzig Menschen versammelt, die bibbernd und mit roter Nase auf einen Reisebus warteten, den Revierleiter Brockstedt bestellt hatte. Alle waren anwesend, die gesamte Familie Riewerts: Sönke, Maria und ihr Baby, Sönkes Mutter Geeske und sein Vater Harald, Regina, ihr Mann Holger und ihr gemeinsamer Sohn John, sogar Cord war mit seiner adretten Tochter Jade aus Frankfurt angereist. Jade hatte vor gut zwei Jahren die Insel als Gruftie ziemlich aufgemischt und war äußerlich kaum wiederzuerkennen, seit sie ihre Banklehre machte. Imkes Hausarzt Dr. Behnke war auch da sowie alle Beamten des Reviers, bis auf zwei, die Dienst hatten; Freunde und Bekannte von Imke, sogar Tamara und Carla waren aus Bottrop angereist, und natürlich waren die Bösingers aus Kiel samt Zwillingen dabei. Ach ja, und Kutschen-Hauke, der sich wieder gefangen hatte.

Der vorgeheizte Bus hielt vor dem Polizeirevier, alle huschten schnell hinein in die Wärme. Arne gab dem Busfahrer eine CD, die sofort eingeworfen wurde. Und so lieferten Cindy und Bert sowie ABBA den Soundtrack für die Tour. Arne, Dr. Behnke und fünf andere Passagiere hatten riesige Bowletöpfe auf dem Schoß, den größten hatte Revierleiter Brockstedt. Alle hatten sie genau darauf geachtet, dass viel Rumtopf zum Weißwein kam.

Der Bus musste wegen Schneeverwehungen in der Marsch einen Umweg nehmen, die Landschaft hatte durch den Raureif vollkommen ihren Ausdruck verändert, Eis und Frost formten aus Zäunen und Büschen im Sonnenlicht ein weißes Märchenrelief. Diesen Anblick würde keiner von ihnen je vergessen.

Der Bus hielt am Deich.

Dahinter, am Dunsumer Strand, wurde das riesige Feuer, die «Biike», von Feuerwehrleuten entzündet. Haushohe Flammen schlugen aus dem Holz, dahinter lag das Meer im zarten Rot des Sonnenuntergangs. Zu den Gästen aus dem Bus kamen noch Dorfbewohner und einige Touristen hinzu, die extra zu diesem Ereignis angereist waren.

Das traditionelle Biikebrennen auf Föhr findet seit Jahrhunderten am 21. Februar statt, früher wurden damit die Walfänger verabschiedet. Die zurückgebliebenen Frauen zündeten die Feuer entlang des Strandes an, um ihren Männern noch lange sicheres Geleit zu geben. Schon Wochen vorher wurden riesige Holzhaufen am Strand zusammen getragen. In manchen Dörfern wurde eine Strohpuppe verbrannt, woanders stellte man auf die Biikespitze ein altes Holzfass; wenn es fiel, war der Winter vorüber. Heute bestand das Biikefeuer meist aus alten Weihnachtsbäumen und Gestecken, die bis zum Biikebrennen aufgehoben wurden, viele schnitten in der Zeit ihre Gartenbüsche, um die Zweige hier zu verbrennen.

In der Mitte, ganz dicht vorm Feuer, saß Oma in einem Rollstuhl. Christa und Ocke hatten sie in ganz viele Daunendecken eingewickelt, sie war kaum zu erkennen. Ihre Augen strahlten in die mächtigen Flammen, sie war die ungekrönte Königin der Veranstaltung. Familie und Freunde standen um sie herum, Sönke und Maria mit der kleinen Anna Imke im Kinderwagen, Arne und Regina, Ocke, Christa, Gerald Brockstedt und viele mehr.

Nach dem Rundflug war Oma in einen tiefen Schlaf gefallen, mehrere Tage lang, sodass sich alle große Sorgen um sie gemacht hatten. Die Familie hatte sie ins Inselkrankenhaus gebracht, wo alles für sie getan wurde. Oma wachte nach fast einer Woche wieder auf, es ging ihr gut, sie fühlte sich wohl.

Aber sie konnte nicht mehr sprechen. Oder mochte nicht mehr.

Natürlich hätte man noch eine Menge aufwendiger Untersuchungen durchführen lassen können, um herauszubekommen, woran das lag. Aber das wollte ihre Familie ihr nicht zumuten. Jeden Tag war mindestens einer von ihnen bei ihr in Dunsum und unterstützte Christa und Ocke bei ihrer Pflege. Alle machten mit, Arne, Sönke, Maria, Regina. Sönke hatte Wände und Decke ihres Zimmers mit Fotos aus allen Epochen ihres Lebens beklebt, von der Kindheit bis zu ihren Kindern und Enkeln. Aber in der Mitte klebte ein großes Foto von der kleine Anna Imke, das Oma jeden Tag stundenlang verliebt anschaute. Ansonsten gehörte sie weiter selbstverständlich dazu, sie wurde immer mitgenommen, wenn es etwas zu unternehmen galt.

Nur dass sie eben nicht redete. Aber dadurch achteten alle noch viel mehr darauf, dass es ihr gut ging.

Noch war es hell, die tiefliegenden Winteraugen der Zuschauerinnen und Zuschauer waren berührt davon, dass die Sonne einen rosa Streif an den Himmel zauberte. Man schaute über das gefrorene Wattenmeer, das im Winter ganz sich selbst gehörte, drüben auf Sylt waren ebenfalls große Biikefeuer zu erkennen. Durch die Biike wurden die Insulaner mit Zeiten und Menschen verbunden, die zwar längst vergessen waren, aber die Energie der Vorfahren war für alle in diesem Moment spürbar. Gegen halb acht war es stockdunkel, nur das Feuer glühte noch.

Dann wurde in der Dunsumer WG gefeiert. Der gecharterte Bus sollte dafür sorgen, dass alle viel trinken konnten und die anschließende Transportfrage geklärt war. Sämtliche Mäntel wurden in Ockes Zimmer aufs Bett geworfen, überall waren Kerzen aufgestellt. Christa und Ocke hatten in der Küche das traditionelle Grünkohlessen nach der Biike gekocht. Ja, und sie waren tatsächlich zusammengekommen und waren immer noch schwer verliebt. Ihre Reise nach Grönland hatten sie verschoben, in einem Monat sollte es losgehen: vier Monate ins ewige Eis, sie freuten sich jeden Tag mehr darauf. Für Imke war in der Zeit gesorgt. Ihre Familie war groß genug.

An langen Tischen im Flur und in den Zimmern servierten sie nun Grünkohl mit Kasseler und Kochwurst. Maria legte die kleine Anna Imke in den Schoß ihrer Urgroßmut-